運命の、醜い、赤い糸
～糸切れと虐げられた令嬢は隣国の国王に溺愛される～
1
Neko Shakushi
& Hachi Uehara
presents.
著 杓子ねこ
画 ウエハラ蜂

Characters
ウルリヒ・クラウス
リオハルトの侍従頭。
リオハルトが幼いころから仕えている従者。
戦闘・諜報含めてなんでもこなす。
マリー・クラウス
スカーレットの侍女。
噂話が好きなほんわり系だが毒舌。
スカーレットのことが大好き。

スカーレット・エインズ
伯爵令嬢。
繁栄をもたらす赤い糸が切れていることから
家族に「糸切れ令嬢」とさげすまれ、
悪名高いメイナード公爵に無理やり嫁がされる。
隣国の王リオハルトに出会い、運命が一変!?
メリッサ・エインズ
スカーレットの異母妹。
「赤い糸」が第二王子と
つながっていたため
エインズ家に幸運を
もたらした娘として
大切にされている。
リオハルト・ルーゼン
隣国ルーゼンフェルドの国王。
幼いころに婚約者を暗殺され、
生まれ変わった彼女を探し出すと
決意し縁談を全て拒否。
「糸切れ令嬢」の噂を聞きアルメリク王国を訪れる。

Unmei no, Minikui, Akai ito.

Contents

運命の、醜い、赤い糸

～糸切れと虐げられた令嬢は隣国の国王に溺愛される～

1

著｜杓子ねこ　画｜ウエハラ蜂

Neko Shakushi & Hachi Uehara presents.

プロローグ　誰からも愛されない

それは夜ごと見る夢だった。

金細工をちりばめた異国の天井に、連なる花々の彫刻、垂れこめる綺羅星《きらぼし》のようなシャンデリア——割れた白磁の欠片、飛び交う悲鳴と怒号。

そして、青白い手のひらで受けとめた鮮血。

血にまみれて赤い糸が見えなくなる。

けれども彼の小指からたどれば、その糸は私の小指へと結ばれているはずだ。かすれた視界に彼の姿が映る。肩ほどまでの金髪を乱し、琥珀《こはく》色の瞳を濡らした少年。

ごめんなさい、ごめんなさいと私は心の中で繰り返す。

死は紛れもないものとして私の前にあった。居合わせた人々の目には血塗れの私が映り、恐怖を反射する。

彼は私の手を握り、涙の濡らす頬へとすりよせた。頬に血の赤が滲んで移る。

徐々にぬくもりの失われていく指先には、涙の雫は火傷《やけど》しそうなほど熱かった。

「必ず貴女を――」

いいえ。

わたくしのことは忘れて。あなたは幸せになってください。

そう伝えたくとも、呼吸のわだかまった喉は苦しげな音を立てるだけで、いっそう彼に悲痛な呻《うめ》きをあげさせた。

ごめんなさい。でもこれで心配いりません。賢いあなたのことだもの、わたくしさえいなくなれば、あの家はあなたに手出しできない。

せめて最期に、笑えただろうか。彼は笑い返してくれただろうか。

目を凝らしても、もう彼の表情は見えなかった。

◆

「スカーレット・エインズ！」

神殿に厳かな声が響く。

はっと顔をあげ、私は急いで椅子から立ちあがった。夢の中で止まった心臓は、時をとり戻すようにせわしなく跳ねている。神殿の中央では、見覚えのある少年が祭壇をあとにするところだった。

私たちの家に近い地区に屋敷を構える伯爵家の子息だ。

彼の左手の小指からは赤い糸状の光が曲線を描《えが》いてあがり、花の模様を象《かたど》って消えた。

「〝運命の伴侶〟が現れれば、その花はさらに大きく開き、彼女の糸と君を結ぶ」

「はい、ありがとうございます、神官様」

興奮と期待に満ちた目で彼は頷き、席へと戻る。

別の令嬢は、左手の小指を右手で包み、宝物を覗き込むようにそっと手を開いては頬を染め、背後の席へと視線を走らせた。

彼女が誰と結ばれたのか、私は見ていなかった。夜ごとのはずの夢が、この大切な日に私の意識を奪っていたのだ。

（どうして、こんなときにあの夢を……）

神官に手招きされ、私は中央へ歩むと、一段高くなった場所へのぼった。

祭壇には金糸銀糸で縁どられた絹布《クロス》がかけられ、両手ほどもある魔硝石が置かれていた。幾重にも結晶を重ねた魔硝石は、天窓から差す陽光を反射して煌めく。

「さあ、君の番だ、スカーレット」

魔硝石にかざす左手が震える。左手だけではない。胸のペンダントを握りしめた右手も、両足も、早鐘のように鼓動を打ち鳴らす心臓も、すべてがこの場から逃げだしたいと震えていた。

「そんなに緊張しなくていいのだよ」

よほど酷い顔をしていたのだろう、年配の神官がやさしく私の肩を叩く。けれども私には、このあと起きることがわかったような気がした。

ここは、アルメリク王国の王都にある中央神殿。〝祈赤《キセキ》の祝い〟と呼ばれる祭日、十歳になる令息令嬢たちは神殿に集められ、〝赤い糸〟を鑑定する。

「アルメリク王国を栄えさせよという女神の恩寵《おんちょう》により、王族と貴族には赤い糸が授けられている。これは幸福をもたらす〝運命の伴侶〟を示すものだ」

この国に住む者なら誰でも知っている常識を、教え諭すようにゆっくりと神官は告げる。

「伴侶と真に心通じあうとき、奇跡が起きるとも言われる。大丈夫、相手が誰であろうと、幸福は約束されたものだ」

ほかの人々には見えないように、神官は悪戯《いたずら》っぽく片目をつむってみせた。自分の相手が誰なのか不安がっていると思われたらしい。私も仕方なく愛想笑いを浮かべ、体の力を抜いた。

神官は両手を組み、祭壇へ向かいうやうやしく礼をする。

神殿内がしんと静まり返った。祭壇を取り囲む見物人の中には、鑑定を受ける者の親族のほか、鑑定を受けたもののまだ伴侶の見つかっていない令息令嬢たちもいる。アルメリク王国の第二王子であるフェリクス・ウィスロット殿下もそういった方々の一人だ。もし彼との赤い糸が結ばれれば、その家は安泰。

私が誰に嫁ぐことになるのか、家族――お父様とカリーナお義母様《かあさま》、異母妹《いもうと》もまた、期待と不安を織り交ぜた表情で見守っている。

「いと高き所におわす女神よ！　この者に恩寵を、運命の導きを示したまえ！」

神官の祈りの声に応《こた》えるように、祭壇にひときわ強い光が落ちた。魔硝石から虹色の輝きがあふれ、幻想的な光景に私は見入った。

光を受けた小指の付け根に赤い糸が浮かびあがる。

けれどもその糸は、花の模様は描かなかった。かといって、周囲の誰かの小指へとのびていくわけでもなかった。

宙に舞った赤い糸は、私の目の前でぷっつりと途切れていた。

「――――……⁉」

どういうことかと神官を見、私は求める説明が得られないことを悟った。

先ほどまでやさしく私を見つめていた灰色の目が、驚愕を表して見開かれていた。

反射的にあとじさると、魔硝石の光は消え、赤い糸も消えた。

「いいい、なんだこれは？」

押し潰したような声が神官の口から漏れた。ぎょろりと私を睨む眼球には、憎しみに似た怒りが滾《たぎ》る。

その表情を私は知っている。新しいお母様や異母妹が私に向ける憎しみ。不当にプライドを傷つけられたと信じる者が、必死になって相手を攻撃するときの。

「赤い糸が途切れている……伴侶がいない？」

「伴侶となる者がまだ鑑定を受けていないだけなら、糸は花の形になるはずよね？」

「では、あれは……」

見物人たちがざわめきだした。

「〝運命の伴侶〟がいないなどということが、あるのか……？」

フェリクス殿下の呟きに、神官の表情は焦りの色を増す。

王族と貴族の婚姻は、赤い糸によって成り立っている。

彼らにとって神殿は、未来の幸福をつかむためのかけがえのない場所であり、特権であり、優越である。神殿の運営は彼らからの寄付で賄《まかな》われる。

その信頼を、私は覆してしまった。

いまや神官の目に映る私は、将来の結婚相手に可愛らしい不安を覚える令嬢ではなく、神殿の権威を揺るがしかねない失態を引き起こした悪魔だった。

「こんなものは見たことがない。わしは正しく祈ったぞ、何も失敗していない！」

口から唾を飛ばす勢いで、神官は叫ぶ。

「これはお前が神殿を冒瀆したからだ、スカーレット・エインズ！　呪われた娘よ！　女神はお前に恩寵を授けなかった――お前を愛する者はいない！」

すべての責任を押しつけ、断罪の指先が私を指し示す。

突如訪れた絶望の宣告に、神殿内のあちこちから小さな悲鳴があがる。席を立ち、逃げだそうとする者までいた。

「ああ、怖い――」

「わたし嫌よ、あの子のあとに鑑定を受けるのは！」

「いったい何をしたのだあの娘は」

「前世で大きな罪を犯したのでは……」

「それが、あの子の母親は――」

身を丸めて震える私の背に、視線が突き刺さる。

（お母様――！）

私は心の中で母を呼び、強くペンダントを握った。縋《すが》る視線を向けた先では、お父様が青ざめた顔で私を凝視している。

その瞳の奥に憎しみを認めた瞬間、私の意識は暗闇に沈んだ。


またあの夢が始まる。

何度うなされ、どれだけ女神に祈っても、許されることはなかった。

私の赤い糸は血にまみれて途切れている。

第一章

途切れた赤い糸

ほとんど水のようなスープを食べ終え、私は自分で食器を洗うと、キッチンをあとにした。凍《こご》える手を吐息で温めようとして、かじかむ左手に赤い糸を見そうになってしまって顔をそむける。

神殿で騒ぎを起こしてから、九年がたち、私は十九歳になっていた。

これからだんだんと糸がのびていくのかもしれない、いずれ花を描くかもしれない。そんな幼い希望を持っていられたのは、最初の数年だけだった。九年たっても私の赤い糸は途切れたまま、私は呪われた娘のまま。

廊下を歩いてきたメイドが私に気づいて顔を伏せる。貴族と平民は視線をあわせてはいけないという慣習を守るため、ではない。厄介事に巻き込まれないためだ。

階段をのぼり、使用人たちの使う区画を抜けたら、廊下の中央は歩いてはならない。身を縮め、仔鼠のようにすばやく部屋へ戻らなくては。

けれども努力は虚しく、ぱたぱたと軽やかな足音が聞こえ、先ほどのメイドと同じように俯いていた私の視界に豪華なドレスの裾が翻《ひるがえ》った。

「あら、スカーレットお姉様」

「メリッサ……」

やってきたのは、異母妹のメリッサだ。私と違って何不自由なく成長したメリッサは、可愛らしい顔立ちと、甘い笑顔を惹きたてるゆたかなピンクブロンドの髪を持つ。真新しいドレスには宝石がちりばめられ、目を刺すような光を放っていた。

「やだ、その埃っぽいドレスで近づかないでちょうだいね。これから王宮へ行くんだから」

もう何年も継ぎを当てながら着古しているおさがりのドレスを嘲笑《あざわら》われ、私は壁に体を押しつけるようにして距離をとった。早く立ち去りたいが、行ってよいと言われるまではこの場から逃げることはできない。この家での私の立場は、部屋を持っているだけの使用人だから。

「ねえ、あたしの指輪を知らない？　お父様に買ってもらった、エメラルドの指輪よ」

「……知らないわ」

首を振り、そう答えた瞬間だった。

メリッサの手が私の前髪をつかみ、無理やり顔をあげさせる。

「ちゃんと目を見て言ったらどうなの？」

私を覗き込んだメリッサの紫の瞳が、毒々しい輝きを放つ。

肺が引き絞られたように苦しくなり、私は小さく悲鳴をあげて喉を押さえた。

(息ができない……！)

それは数秒で終わったけれども、命を握られた恐怖に体は震える。

「ほら、言えないんでしょう！」

頬に痛みが走った。メリッサが私の頬を叩いたのだ。

「あんたが盗んだんじゃないの？　あたしを妬んで！　恨んで！　困ればいいと思って！」

「ちが……違うわ、本当に知らないの」

よろめきながら私は必死に首を振った。そんなことはメリッサにもわかっているのだ。こうして廊下で行き会っては難癖をつけていたぶるためだけに、私の部屋は幼い頃と変わらず、メリッサの部屋の隣にある。

うずくまり頬を庇う私に、メリッサは満足げな笑みを浮かべた。

メリッサが私の呼吸を止めたこの力が、貴族と平民が視線をあわせてはいけない理由だ。

貴族の中には、強く睨むことで相手に恐怖を植えつけ、心身に影響を与えることのできる者がいる。〝眩威《グレア》〟と呼ばれるそれは、女神の恩寵がその者に強く表れた証。我が家では、メリッサだけが使える力だ。

視線をあわせるという行為は、時に争いの引き金になる。だから下々の者たちは頭をさげ、俯き、恭順を示すのだ。今の私のように。

「まあいいわ。なくなったってまた買ってもらえばいいんだもの」

ようやくメリッサが離れ、解放された私は壁に身をあずけながら立ちあがった。ぼさぼさの赤毛の向こうに蔑みを含んだ笑みが見える。全力でぶたれた頬はじんじんと痛みを訴えるけれども、涙は出なかった。泣けば興ののったメリッサはさらなる仕打ちを課す。それを学習する程度には、そして涙が枯れる程度には、家がこうなってしまってからの期間は長かった。

(早く行って)

自分からは通りすぎることができないから、私は頭をさげたままメリッサが興味を失ってくれるのを待つしかない。けれどもその願いは叶わなかった。

立ちすくんでいるあいだに足音が増えた。足音は廊下をまわり、私の姿を認めたところでぴたりと止まる。俯いて視線をあわせないまま、私は腰を折って、いつもより豪華な装いの二人分の足に礼をした。

「ごきげんよう、お父様、カリーナ様」

返事はない。ただ、お父様の小さなため息が聞こえた。

「顔に傷をつけるようなことはするな、メリッサ」

驚きに顔をあげてしまい、私はすぐに頭をさげた。聞き間違いでなければ、お父様は私ではなくメリッサを叱った。

「メリッサ、もう時間になる。お迎えの馬車がくるよ」

すぐにいつもの態度に戻って、お父様は私の存在などないかのようにやさしくメリッサの肩を押した。母と呼ぶことを許さないカリーナ様よりも、父の態度はいっそう残酷だ。

（でも、今の言葉は……）

「そうね。フェリクス様ったら、遅れると機嫌が悪くなるのよね。いつでもあたしのそばにいたいのですって」

叱られて癇癪《かんしゃく》を起こすかと思ったメリッサも、明るい笑い声をあげた。

「今日はお父様とお母様も一緒の晩餐会ですもの。楽しみで仕方がないわ」

「わたくしたち、メリッサに感謝しなくてはいけないわね。この子がいなかったらエインズの家はおしまいでしたわ」

カリーナ様の言葉にお父様は足を止めかけたけれど、何も言わなかった。かわりに、メリッサが甘えるようにお父様の腕をとり、私を振り向いた。

「うふふ、お姉様にもそのうちいいことがあるんじゃないかしら」

神経を羽根で撫でるような軽やかな笑い声を残し、メリッサとお父様は去った。頭をさげ続けている私にカリーナ様の冷たい声が降ってくる。

「スカーレット、あなたは裏口へ荷物を受けとりにいきなさい。トマス商会の者がくるわ。それが終わったらメイドとリネンを洗いなさい」

「わかりました」

「くれぐれも外に出るんじゃないわよ。おぞましい〝糸切れ〟……白い目で見られるのはわたくしたちなんだから」

吐き捨てるように言い、カリーナ様も二人のあとを追う。

私は踵《きびす》を返すと廊下を歩きだした。家族の居住用区画から、裏口へつながる使用人たちの区画へと。


九年前、途切れた赤い糸を発現させた私は、家族からも、ほかの貴族たちからも、腫れ物に触るような扱いを受けるようになった。

赤い糸は、女神の定めた運命の伴侶を示す。運命の伴侶と結ばれることは家を繁栄させるための必須条件と考えられ、貴族は赤い糸に従って婚姻を結ぶ。

つまり、神殿で恩寵の欠落を宣言された〝糸切れ〟の私は、政略結婚の道具にもなれないのだ。

大恐慌に陥った私の鑑定から三年後、メリッサが鑑定の儀を受け――彼女の赤い糸が第二王子フェリクス・ウィスロット殿下と結ばれていたことで、私に対する家族の態度は決定的になった。

カリーナ様の話では、メリッサの赤い糸はほかの誰よりもひときわ大きく花を描き、フェリクス殿下の小指にあった赤い糸と結ばれたそうだ。二人は視線を交わし、はにかんでほほえみあった。さながら恋物語の主人公たちのように。家に閉じ込められていた私はその光景を見ることはできなかったけれど、帰宅したメリッサもうっとりとした表情でそのときのことを語った。

「赤い糸が結ばれてフェリクス様の目を見たとき、あたし、この人だって思ったわ。心がそう教えてくれたの。本当に運命なのよ」

王家の側でも、メリッサは王家に繁栄をもたらすに違いないとよろこび、すぐに婚約の打診があった。そのときの両親のはしゃぎようといったら。

ほどなくしてフェリクス殿下の後ろ盾を得て、エインズ家は社交界に復帰した。

両親は、エインズ家の娘としてメリッサ一人を式典や晩餐会に連れてゆき、私を家に閉じ込めた。そうやって何年もかけて、ようやく不名誉な〝糸切れ令嬢《スカーレット》〟は人々の記憶から忘れ去られ、エインズ家は王家の覚えめでたい幸福の家になった。

私のような欠陥品を抱えてしまったエインズ家を、メリッサは文字どおり救ったのだ。

外は凍えそうな寒空だった。一枚しかない毛織のショールにくるまり、裏口にまわると、トマス商会の使いがきていた。荷車を引いた男たちに合図をし、キッチンまで荷を運んでもらう。キッチンの隅に食料を積んでいく男衆の中で、ひとまわり小柄な少年がはきはきと立ち働く。

私に似た赤茶けた髪を見て思わず口元がゆるむ。

「カール」

「スカーレット様」

小声で呼ぶと、カールはウサギのようにぴょんと跳ねてこちらへやってきた。くりくりとした愛嬌のある瞳と小さなえくぼのできる笑顔を持つ少年は、私のそばまできてぴくりと足を止めた。

「そのお顔は……」

痕の残った頬は、かさついた赤毛で隠れきらず、寒さのせいともごまかしきれなかったようだ。

でも私を見つめるカールの頬にも、真新しいガーゼがあててある。

「カールはどうしたの？」

カールが何か言う前に笑顔を作り、私は尋ねた。私の原因は問う必要もないでしょうと言外に滲ませる。ぼろをまとって応対に出ている時点で、私が家族からどんな扱いを受けているかはわかるはずだ。

気まずそうな顔でカールは視線をさまよわせつつ、私の質問に答えた。

「二つ前のお屋敷で、つい顔をあげて話をしちまって……」

無礼なふるまいの罰として扇で頬を張られたのだという。

「それは災難だったわね」

「いつものことですよ」

眉をひそめる私に、カールは小鼻を膨らませる。

「おれなんかのことより、いい話をしましょう」

そう言ったカールの表情には、もう笑顔が戻っている。

ほかの男たちが背を向けているのを確認し、カールは斜めにかけた鞄から小包を取りだした。

「売れましたよ、スカーレット様の刺繍したハンカチ。生地もいいけど、やっぱり柄がよかったからね。刺繍の腕も確かですし。それでこれ、頼まれていたものです」

「ありがとう、カール」

「いえ、このくらい」

お礼を言うと、照れ隠しなのかカールは鼻の頭を掻いて視線を逸らしてしまう。私はカールから受けとった小包を抱きしめた。

トマス商会で働くカールには、家族には秘密で内職の仕事をまわしてもらっている。私が刺繍したハンカチをカールが別の街で売り、その売上を私に渡してくれる。ほかにも、手紙や書類の清書を請け負うこともある。

「この家から出られたら、うちの商会にきてくださいよ。おれが口を利きます」

「ありがとう。でも平気よ。カールや商会の皆様にご迷惑がかかってはいけないし」

何度もしたやりとりを繰り返すと、カールはむっと唇を尖らせた。

「迷惑なんかじゃねえのに。うちはルーゼンフェルドが本拠地なんです。国をまたいじまえば見つかりっこないでしょ」

「内職の仕事をさせてもらうだけで十分よ」

このことだって、両親に見つかれば叱られるだけではすまないだろう。それこそ、私もカールも、頬に傷を作るくらいでは終わらない。

「スカーレット様はおやさしいから。……貴族はみんな、目もあわせちゃくれないのに、スカーレット様はおれとおしゃべりして、笑ってくださる」

「私を貴族と認めてくれるのも、そんなふうに言ってくれるのも、あなただけよ」

カールの頬が赤くなった。

(私のほうが、どれほどあなたに救われているか)

誰かと気軽に話すことも、笑顔になることも、カール以外が相手ではありえない。

赤い糸にとらわれない平民の出でも、使用人たちや、貴族と接する機会の多い商人たちはやはり私を白い目で見る。そのことを思えば、これ以上カールを面倒事には巻き込めない。

「さあ、もう行ってちょうだい」

「おれは本気ですからね！」

帰り支度を始めた荷引きの男たちを見て、私はカールをうながした。カールはまだ怒ったような顔でそれだけ言って、キッチンをあとにする。

彼らを見送り、門を閉めて、私は今度こそ誰にも会わないように急いで部屋に戻った。

カールの小包をそっと開く。

中に入っていたのは、数枚の銅貨と、使い古された地図、女性用の服だ。貴族が着るドレスではなく、平民が身に着けるための、生地は硬く、染め色もくすんだもの。

それでも、私からすれば憧れの服だ。カールの協力なしには手に入れられなかった、夢にまで見た自由のための衣装。

私は地図も広げてみた。カールたち商人が使う地図には、拠点であるルーゼンフェルド王国を中心に、周辺国の主要な町や街道、地形などが細かく描かれている。家の図書室にも地図はあるけれど、アルメリク王国のものばかりだ。

(ポージリー、メイユ川、ドミネ街道……石工の町グラニット、モリオン山)

王都からルーゼンフェルド国境までの道すじを指でなぞる。実際には、街道を堂々と歩くことはできないだろう。わき道を使うことになる。

(歩いていくのなら、国境まで一週間。最初の一日は、寝ずに歩いて、なるべく王都を離れないと)

その先はどうなるのか、見当もつかない。なのに、どうしてだか胸が弾んだ。

これが今の私の希望だ。

「さあ、リネンを洗いに行かなくちゃ」

呟いて立ちあがると、服をクローゼットの奥に隠し、上からもう一枚のドレスをかける。地図と銅貨は鍵のかかる戸棚に入れた。布袋に落ちた銅貨はちりんと音を立て、私を励ましてくれている気がする。

気配を窺い、そうっと廊下に出る。

真冬の洗濯は厳しい。凍結寸前の水は体を芯まで冷たくして、震えが止まらなくなってしまう。

メイドはキッチンで火に当たることが許されているけれど、私には許されていなかった。

次にくるとき、カールは寒さをしのぐコートを持ってきてくれる約束だ。

（あともう少し、お金がたまれば）

カールの言うとおり、いずれ私はこの家を出る。〝糸切れ〟の私には貴族としての価値がない。ならいっそ、貴族の籍を捨てて、赤い糸に縛られない暮らしがしたい。

私の願いはただそれだけ。

◆

「え……結婚、ですか……？」

そう言ったきり絶句してしまった私に、お父様は重々しく頷いた。その背後では、カリーナ様とメリッサが上機嫌な笑みを浮かべている。

キッチンで一人きりの朝食をとったあと、お父様の書斎に呼ばれた。常にないことに不安を覚えながらも訪れれば、そこにはすでにカリーナ様とメリッサもいて。

「お前の結婚が決まった」

隙間風の吹く私の部屋とは違い暖炉《だんろ》が温めた空気の中で、お父様はそう言った。

「クレム・メイナード公爵閣下が、お前を妻にもらってくださることになった」

「クレム・メイナード公爵……」

その名は、世情に疎《うと》い私でも聞いたことがあった。

お父様よりも年齢は上でありながら、若い娘をいたぶるのが趣味で、妻を娶《めと》っては数年でぼろくずのようにしてしまう男。使用人だとしても娘を公爵家に入れてはならない、と商会の者たちが噂をしていた。過去にはほかの貴族と裁判沙汰になったこともあるが、地位と財産に物を言わせて判事を買収し、訴えた家は報復を受けたという。

そんな男に、私を嫁がせようというのだ。

「メイナード公爵は赤い糸を気にされないおおらかな方ですもの。あなたのような〝糸切れ〟でもかまわないと……むしろ、興味を持っていただけたみたいね」

黙り込む私にカリーナ様は嬉々として語り聞かせる。

「支度金もたっぷりいただけるの。さすがは公爵閣下だわ。きっとお前も贅沢《ぜいたく》ができるでしょうよ、スカーレット」

「よかったじゃない、お姉様。〝糸切れ〟じゃなかったら公爵家に嫁ぐなんてできっこないもの。糸が結ばれていたよりいい縁談よ、これは」

メリッサも、可愛らしい顔にうっとりするようなほほえみをのせて私を見た。

私はといえば、視線をさげたまま、気を失ってしまわないようにするのに必死だった。そんな私を見ても、お父様は顔色ひとつ変えない。

顔に傷をつけるなと言ったのは、私の身を案じてではなく、公爵に売り飛ばす日のためだったのだ。

好色で残酷な男の妻になれと命じられたことで、気づいてしまった。

カリーナ様やメリッサに逆らえないだけで、お父様だけは、心の中では私のことを心配してくれているのだと。目をあわせないのは後悔や同情の気持ちがあるからだと、どこかでそう信じていた。

でもそれは私の幻想にすぎなかった。そんなこと、あの日神殿でお父様が私に向けた目を思えば当然だったのに。

(泣いてはいけない)

自分に言い聞かせ、私は顔をあげた。

私にはまだ希望がある。クローゼットの奥に隠した希望が。

「承知しました、お父様、カリーナ様」

頭をさげる私に、メリッサはつかつかと歩みより、扇の先で顎をすくいあげた。上を向かされた私と、メリッサの視線があう。すり込まれた恐怖に体が震えた。

紅を塗った唇がにこりとたわむ。

「ねえ、ほら。あたしの言ったとおり、いいことがあったでしょう。もうお金にも困らないし、結婚してくれる人だって見つかった——だから」

メリッサがテーブルの上にあった布を無造作につかむ。その正体に気づき、私は目を見開いた。

部屋のクローゼットに隠していたはずの服。それが、メリッサの手によって掲げられていた。

「こんな汚らしい平民の服なんて、もういらないわよね？」

言うなり、メリッサは暖炉へ服を投げ込んだ。

「!!」

ぼっと音を立て、麻布の服はあっというまに火に呑み込まれた。勢いを増した炎がメリッサの笑みを照らす。希望だったはずのものが灰になり、形を崩していくのを、私は呆然と眺めた。

「もう逃げようなんて思わないことね。誰が手引きしたか、調べればわかるわよ」

ひゅっと喉が鳴った。メリッサの目は、知っているのだと語っていた。

カールの照れたような笑顔が浮かぶ。私だけが折檻されるならいい、けれど、カールは平民だ。貴族に睨まれた平民がどうなるか。

「お姉様がちゃあんとお嫁に行くなら、みんな今までどおりよ」

「……わかりました」

私が答えると、メリッサは満足げに扇を離した。

メリッサの背後で、険しい顔つきのお父様が首を振る。

「まったく……ここまで家に迷惑をかけ続けて、最後には逃げようとするとは」

「これでわかったでしょう、あなた。〝赤い糸〟を信じる者には幸福が、信じない者には罰がくだされる」

「ああ、よくわかった」

彼らの会話を背に、私は書斎を抜けだした。廊下を早足に歩き、自室まで戻ると、ドアに背を向けてうずくまる。

部屋の中はめちゃくちゃに荒らされていた。メリッサの指示を受けた使用人がやったのだろう。関係のないドレスまで引き裂かれ、戸棚の鍵は壊されて地図は破り捨てられ、貯めてあったなけなしの銅貨は抜きとられていた。

（そうだったわ）

私の居場所などどこにもなかった。

自分の部屋だって、平穏な場所ではなかった。希望を隠しとおすことすらできない。

私の赤い糸が、醜く途切れているから。

視界がぼやけた、と思ったら、涙が頬をつたっていった。蔑まれ、使用人のような扱いを受けても我慢していた涙は、一度流れてしまったら止められない。

「うぅ……っ」

胸にさげていたペンダントを握りしめ、声を殺して私は泣いた。

赤珊瑚の小さなペンダントは、亡くなったお母様が買ってくださったもの。私の赤い髪によく似合うとお父様が褒めてくださったもの。お父様とお母様が愛しあい、私が生まれたことの証《あかし》。けれど今はもう、なんの意味もない。

神官の言ったことは本当だった。

（私は誰からも愛されない）

荒れ果てた部屋の床に座り込み、私は力なく目を閉じた。

◆◇◆

ルーゼンフェルドの王都に到着したカールは、鈍色の空を不安げに見上げた。雨の気配に大通りをゆく人々は早足だ。店じまいをしてしまおうという商人たちもいる。

そんな喧噪《けんそう》の中心には、王都の象徴ヴァリア城が堂々と立っている。

彼が想うのはスカーレットのことだ。

最後にスカーレットを見たのは、もうひと月も前のこと。

貴族の令嬢でありながら家族に使用人扱いを受けていた彼女は、家を出る決心をした。カールもそれを応援し、一役買っていたものだ。けれど、最後にエインズ家へ品物を届けに行った日、コートを受けとるはずだったスカーレットの姿はなく、荷下ろしは馴染みのないメイドによって監督された。

メイドは何も言わなかったけれど、カールを睨みつけるように見つめていた。

(きっと計画がバレたんだ)

自分に被害が及ばないだけありがたいと思わなければならない。貴族令嬢の家出の手引きなんて、殺されても文句は言えない。そうとわかっていてもカールの心は沈んだ。未練がましく屋敷の周囲をうろついてみたものの、スカーレットがどの部屋にいるのかはわからず、もちろん助けようもない。悔しさに唇を噛みながら、カールはほかの商会員たちとともにルーゼンフェルドの本店へ戻ってきたのだった。

「またあのお嬢様のことか？」

眠たげな目をしたゼイムが苦笑いを浮かべた。ゼイムはカールたちの商隊を率いる長であり、上司にあたる男だが、性格はいまひとつあわない。

「もう忘れろよ。たしかに可哀想だが、貴族の世界であれはどうしようもねえ」

カールはぐっと顔をしかめる。彼にとってみれば、あんなにやさしく接してくれるスカーレットが〝糸切れ〟というだけで虐げられていることのほうが納得がいかなかった。

「おれたちの国王陛下だって〝糸切れ〟の噂があるでしょう？」

「しっ、バカ。罰を受けるぞ。黙ってろ」

ぱっと目を見開きゼイムは唇に人差し指を当てた。ルーゼンフェルドでも赤い糸による婚姻の信仰はある。国王が〝糸切れ〟などといった噂を振りまけば、ルーゼンフェルドという国自体への信用が揺らぐ。国政を動揺させる反逆罪ととられてもおかしくない。

「貴族様のやることに文句をつけるんじゃねえ！」

殴りつけそうな勢いのゼイムにカールは舌打ちをした。

ふたたびヴァリア城を見上げれば、重くたれこめる雲に向かって、王城の尖塔は挑むようにそびえていた。

◆

ヴァリア城内部、国王の執務室では、一人の令嬢が青ざめた笑顔をひきつらせていた。

彼女の隣で揉み手をしているのはルーゼンフェルド国の若き宰相であるノルマン・シュモルク。ただしさすがの彼にも、ずりさがった眼鏡を戻す余裕もない。

ノルマンの正面で射貫くような視線を向けるのは国王リオハルト・ルーゼンだ。のばした金の髪を肩のあたりで無造作に束ね、切れ長のまぶたの奥には琥珀色の瞳が宿る。通った鼻すじと薄い唇は冷酷さを印象づけた。

「いかがでしょうか。こちらは、私めの親類の娘でして、器量もよく従順で――」

「そうか。ならその従順さで、二度と俺の目の前には現れないことだ」

すげなくそれだけを告げると、リオハルトは書類に視線を戻した。とりつくしまもない様子に令嬢が縋る視線をノルマンに向ける。

「わかりました、国王陛下。では失礼いたします。……いや、すまなかったね。君なら陛下のお眼鏡にもかなうと思ったんだ。嘘じゃない、君みたいに魅力的な令嬢は見たことがないよ。お詫び代わりに素敵な紳士を紹介しよう……」

凍りつくような視線を受けてなおにこやかさを失わないノルマンは、震える令嬢の背に手を添えて執務室から連れだした。

饒舌《じょうぜつ》な宰相と入れ替わりに、男が入室した。色褪せた淡灰の髪を丁寧に撫でつけた彼は、ノルマンと令嬢に深々と礼をして扉を閉めたあと、リオハルトの渋面を見るなり苦笑いをこぼす。

「また宰相閣下のお節介ですか」

「そうだ。諦めの悪いやつだ」

「あの方以外の者が話を持ち込めば爵位剝奪の憂《う》き目にあいかねませんからね。自分しかできないことだと思っていらっしゃるのでしょう」

「それで、お前は何の用だ？　クラウス」

クラウスと呼ばれた彼は、歳の頃は五十、長年リオハルトの侍従頭を務める側近である。彼もまた、ノルマンと同じく、リオハルトに怯まない数少ない人物だ。

「優秀なお前が、まさかくだらない報告ではあるまいな。例の組織を捕らえたか——」

「アルメリク王国で〝糸切れ令嬢〟が見つかりました」

書類に視線を落としていたリオハルトの表情が消えた。

「醜聞《しゅうぶん》を避けたい両親が家に閉じ込めていたようですが、縁談が持ちあがったので噂になりました」

「縁談だと？」

「好色で有名な公爵のもとへ嫁ぐそうです」

バキリ、と硬い音が執務室に響く。

「行くぞ。馬の支度をしろ」

立ちあがり部屋を出ていく主人に、クラウスはため息をついて従った。この報告をすればこうなることはわかっていて、しないわけにはいかなかった。

視線を向けた執務机の上では、罅《ひび》の入ったペンが転がり、音もなく絨毯へと落ちた。

◆◇◆

多くの宝飾品やドレス、高級食器などが運び込まれたエインズ家の広間は、カリーナ様とメリッサのよろこびの悲鳴に満ちていた。

「すごいわ、あたしたちにまでこんなにくださるの？　公爵閣下はとても素敵な方ね」

「ひと月でこれだけのものを用意できるなんて、お金は余るほどあるのだわ」

そんな二人の邪魔にならないよう、私は壁際にたたずむだけ。

今日はメイナード公爵家への輿入れの日だ。

建前上、親類の縁を結ぶ家への贈りものということになっているそれらは、実際には口止め料だ。

私がどんなことになっても、家族が騒ぐことのないように。……そんな心配が杞憂であることを、公爵閣下はご存じないのだろう。もちろん〝支度金〟も別にたっぷりと用意されたらしい。

いま私の身を包むドレスも、メイナード公爵から贈られたものだ。私がこの家から持って出られる唯一のものは、ドレスの下に隠したお母様の形見のペンダントだけ。

(カールはどうしたかしら)

メイナード公爵との結婚を告げられた私は、逃げだそうとしていた罰として、ひと月のあいだ地下室に閉じ込められた。食事もろくに与えられず、ただ死んでしまってはメイナード公爵に売り飛ばすことができないから生かされていただけだ。

メリッサがカールのことを黙っていてくれるのかは、私にはわからない。

(どうか、もうカールがこの家に関わりませんように)

私は目を閉じて親切な少年の無事を祈った。

正面玄関のドアが開き、お父様が顔を覗かせる。

「さあ、お迎えの馬車がきたぞ。お前たちも見送りなさい」

お父様はそう言って、カリーナ様とメリッサにそれぞれ手をさしだした。

(……嫁ぐのは私なのに、最後まで私を見てくださらないのね)

先を進む三人の背中を見つめながら、私は重たい足を動かす。弱った体には、装飾の多いドレスも、高いヒールも負担になる。

玄関には公爵家の紋章入りの馬車が停められ、仕立てのよい服を着た馭者が控えていた。けれどもその目は私をねめつけ、主人の新しい妻を値踏みしている。

馬車に乗り込んだ私に、家族が手を振る。

「さようなら、お姉様。どうかお幸せにね」

可憐な顔でメリッサがほほえむのを、私はぼんやりと見つめた。お父様もカリーナ様もメリッサも、ただ虚ろな表情で彼らを見下す私に向かって笑っている。

(幸せになるのはあなたたちだけよ)

自分の手を汚さずに、おまけに分け前まで与えられて、厄介払いができるのだから。

ドレスのスカートを握りしめた左手に目を凝らす。

現れた赤い糸は、やはり途中で宙に溶けたように消えていた。


馬車は小一時間かけて王都を移動し、メイナード公爵邸に到着した。

公爵邸は、エインズの家の五倍はあろうかという敷地をぐるりと白壁が取り囲み、門には武装した門番まで立っている。ふたたび時機を見て逃げだせるのではないかという希望は打ち砕かれた。

逃げるより先に、きっと私の心が壊されてしまう。

（いっそ何も感じなくなれば幸せなのに）

しかし、暗澹《あんたん》たる心持ちで屋敷へ入った私を出迎えたのは、想定外の慌ただしい空気だった。

「やっときたか！　支度をしろ！　急げ、このグズ！」

挨拶もそこそこに怒鳴りつけられて身をすくめる。

白いもののまじる頭髪に、ジャケットからこぼれだしそうなほどに肥えた肉体と、たるんで皺の多い顔には苛立ちの凝り固まった残虐な眼差し。この男がメイナード公爵なのだろう。

「さっそく楽しんでやろうと思っていたものを――」

戸惑う私の手をつかみ、公爵は屋敷の奥へと私を引きずっていった。途中で行きあう侍女にも罵倒と叱責が飛ぶ。

「早馬がきた！　城で臨時の晩餐会が開かれる。ルーゼンフェルドから国王陛下がお出ましだそうだ。貴様は公爵家の妻としてふるまえるんだろうな⁉　無様《ぶざま》な真似をしたら承知しないぞ！」

（臨時の……？）

「ぼやぼやするな！」

突き飛ばされ、よろめいた私を年配の侍女が鏡台の前へ連れていく。

「妻も連れてこいと国王陛下からのお達しだ。早くこいつを着替えさせろ！　わしは公爵だ、最初にご挨拶をせねばならん！」

大きな音を立てて扉が閉まる。その向こうでは、まだ公爵の喚き声が聞こえていた。

「奥様、お着替えを。公爵家の正装は赤を基調としたものに決まっています」

青ざめた顔の侍女が震える手で私を着替えさせる。公爵家へ嫁ぐにあたりエインズ家では誰も私の身支度などしてくれなかった。おろしただけだった髪は結われ、化粧もすべてやり直しだ。

さらに一時間ほどのちには、私は飾り立てられて王城にいた。急すぎる環境の変化に眩暈《めまい》がする。メイナード公爵もまさかこんなことになるとは思っていなかったようだった。彼の遊び好きは有名だから、国内の晩餐会には妻を伴わずに出ても何か言われることはなかったのだろう。だが今日という日に、国外からの賓客をもてなすための王家による正式な晩餐会には私を同伴せざるをえない。

苛立たしそうに小言を呟く公爵に私は血の気の引いた顔をしていると思う。

そのうえ、通された広間には、メリッサがいた。

フェリクス殿下にエスコートされ、メリッサは婚礼衣装と見まがう純白のドレスをまとう。レースの多くついた、甘い印象のドレスだ。

白は、婚礼の式を除いて、王族しか身に着けることが許されない色だ。第二王子の婚約者であるメリッサは、公爵夫人となった私よりもまだ位が上なのだと、ようやく気づく。表舞台に出たことのない私は序列を考えたこともなかった。

「もうお会いできましたわね、お姉様。——二度とお目にかかれないかと思っていたのに」

後半は私だけに聞こえるように、顔を近づけたメリッサが囁《ささや》く。婚約者であるフェリクス殿下もエインズ家の事情を知っているのだろう、苛立ちの視線を私に向けた。

「お前があのときの……もうこれ以上メリッサに迷惑をかけるなよ」

言い返せるわけもなく、私は顔を伏せた。反論しても意味はない。すぐにメリッサの望みどおり、私は二度と人前に現れなくなるだろう。

ほかの貴族たちも広間へ集まり始めた。

「どんなお方なのかしら、ルーゼンフェルドの国王陛下は？　めったに国をお出にならないそうね」

「優秀なだけでなく見目も麗しいという話だ」

「心に決めた方のため、独り身を貫いていらっしゃるとか」

「だが冷酷で、腹違いの兄を処刑したともいうじゃないか――……？」

興奮気味に噂話をしていた貴族たちは、メイナード公爵の隣に私の姿を認めた途端にぴたりとおしゃべりをやめた。

私が人目に触れるのは、あの鑑定の日以来。そのうえ、今の私は公爵の所有物であることを示す胸元の開いた赤いドレスに、同じくらい毒々しい口紅を塗って顔をこわばらせている。

下世話な興味が自分をとり巻いていくのがわかる。

「あれが、公爵閣下の新しい……？」

「覚えておられますでしょう？　九年前の鑑定の儀で、糸の途切れた令嬢がいたのを」

「ああ、あの娘か。神殿を冒瀆したという」

「可哀想だとは思いますけれどもねえ、しかし……」

ひそひそと交わされる囁きと視線。それらに含まれているのは、憐憫《れんびん》、軽蔑、そして——安堵。

「公爵夫人だろう、いいじゃないか。ようやくエインズ夫妻も報われたということだ」

「もしあれが我が娘だったらと思うと、ぞっとする」

「まったくですわ」

私は俯いて彼らの好奇心旺盛な目に顔が映らないようにした。私が泣いていても笑っていても、彼らは口さがなく噂の種にするだろうから。

そして、両親とメリッサを通じて憎しみとなり、私に降りかかっていたものの正体。

（これがエインズ家に向けられていた目）

——お前を愛する者はいない！

神官の声が耳元でこだまする。

突然、広間のざわめきが消えた。顔をあげ、国王陛下の姿にまた面を伏せる。周囲の貴族たちも頭をさげて恭順の意を示していた。

空気全体が緊張しているかのような重みに、意識が遠くなりかける。

「いつまでそうしている！　行くぞ！」

すでに王族の皆様は揃われたようだった。メイナード公爵に荒々しく腕を引かれ、私はよろめきそうになる体を耐えてあとに続く。

特別にあつらえられた席には、国王陛下と王妃殿下、そして晩餐会の賓客であるリオハルト・ルーゼン陛下が座る。堂々とした体軀に流れるような金の髪。遠くから見ても整った顔立ちであることがわかる。けれども彫刻のような容貌《かんばせ》は温度を持たず、自らが望んだ晩餐会だというのに、周囲を睥睨《へいげい》する目は鷹のように鋭い。

メイナード公爵と私の前で、フェリクス殿下とメリッサが手をとりあって挨拶をした。自信たっぷりな笑顔を見せるメリッサは私から見ても美しく、フェリクス殿下も頰を染めて未来の妻を紹介している。

二人には見えているのだろう。互いの小指をつなぐ赤い糸が。間違いなく幸福を約束された証である恩寵が。

「ではまた、いずれ」

その言葉とともに、フェリクス殿下とメリッサは場所を退いた。第二王子の次は序列でいえば貴族一位のメイナード公爵だ。

必死に笑顔を作る私の横顔に、メリッサの視線が刺さる。フェリクス殿下にしなだれかかりながらメリッサは扇を広げた。考えてはいけないのに、隠された表情が私を嘲笑っているような気がして顔がこわばる。

「クレム・メイナードと申します。こちらは妻のスカーレットです。ご高名なルーゼンフェルドの王、リオハルト・ルーゼン陛下にお会いできる日がくるとは、まことに光栄なことでございます」

メイナード公爵が挨拶の言葉を述べるのを聞きながら、一歩さがった場所で私も深々と頭をさげた。

視界に、膝に置かれたリオハルト陛下の手が映った。

正式な場にしてはめずらしく、陛下は手袋をつけていなかった。剝きだしの左手は厚みのある無骨な、男らしい手だった。

その小指に、赤い糸が見えた。

(――え?)

リオハルト陛下の赤い糸は、私の糸と同じように、途中でふっつりと途切れていた。

思わず顔をあげてしまった私とリオハルト陛下の視線があう。

複雑な煌めきを持つ琥珀色の瞳に、驚いた顔の私が映っていた。どくんと鼓動が鳴って、私は目を瞬かせた。

なんなのだろう、これは。

体の奥から、震えるような何かが湧きあがってくる。

「見えるのか」

その声がリオハルト陛下の口から発されたのだと理解するのに、数秒を要した。

答えを返せない私に、陛下は自ら立ちあがり、歩みよってくる。

「へ、陛下？」

メイナード公爵が狼狽《ろうばい》した声をあげるが、彼は意に介さなかった。

呆然と立ち尽くす私の前で跪くと、私の左手をとり、小指に口づけを落とす。

先ほど彫刻のようだと思った表情が花咲くようにゆるんだ。目を細め、陶然とした笑みを浮かべながら、リオハルト陛下は私を見上げた。

「俺にも見える。お前の赤い糸が。ずっとさがしていた――スカーレット」

張りのある声が私の名を呼んだ。

広間が喧噪に包まれる。どういうことかと囁きが飛び交う。けれどもざわめきを切り裂くように、凛とした声が答えを告げた。

「お前が俺の〝運命の伴侶〟だ」

艶やかな金の髪に、私をまっすぐに見つめる琥珀色の瞳。

神殿で意識を失ったあの日を最後に、夢を見ることはなくなっていた。それが、不意に記憶の底から呼び起こされる。

少年とリオハルト陛下が重なった。

――必ず貴女を見つけだす。

あのとき聞こえなかった声が、耳元で響いた。

◆

広間は興奮の渦に包まれた。

大国ルーゼンフェルドの国王リオハルトは、長らく独り身を貫いてきた。それはルーゼンフェルドの複雑な情勢のためであると言う者もいれば、秘めやかな恋が心をとらえているせいだと言う者もいた。

十代の若さで王位を継いだリオハルトは、蔓延《はびこ》っていた賄賂《わいろ》政治を一掃し、異母兄をはじめとして逆らう貴族たちを次々に粛清した苛烈な国王として名高い。一方で透明性の高い徴税や交易の制度を打ち立て、国を発展させたとして、国民からの支持は厚い。

しかし彼自身については神秘に包まれている。自らの話題を嫌う彼は、必要以上に己の姿を現すことはなく、ルーゼンフェルドの貴族であっても目通りは難しいという。

そのリオハルトが、アルメリク王国の晩餐会で、突如として〝運命の伴侶〟を口にしたのである。

「どうして――」

メリッサは歪む表情を隠すことができなかった。

(どうして、よりにもよって、お姉様に⁉)

取り繕わなければと思うのに、激しい怒りが全身を震わせる。

目の前ではまだ状況がわからないといった顔のスカーレットが、リオハルトを見つめていた。

「私が、陛下の……？　何かの間違いではありませんか。私の糸は……」

「間違いではない。俺の糸が見えるのだろう？」

その言葉に、スカーレットはじっとリオハルトの左手を見つめた。

「ですが、これは――」

「見えるのだな」

神殿での鑑定を受けない限り、赤い糸が見えるのは結ばれた当人同士だけだ。フェリクスの婚約者となったメリッサも、毎年祈赤の祝いの日に特別に鑑定を受け、二人が間違いなく運命の伴侶であることを貴族たちに示している。

今も、メリッサからリオハルトの赤い糸は見えないし、スカーレットの糸ももちろん見えない。

(でもお姉様の赤い糸は途切れているはずなのよ。それはあの日神殿で見たもの)

現にスカーレットは何かを言い澱《よど》んでいた。リオハルトとの赤い糸が見えているならあんな顔をするはずがないのだ。

ルーゼンフェルドはアルメリクの数倍に及ぶ領土を持ち、人口も多い。王都は大陸で最も発展した都市と言われ、大陸屈指の商会がこぞって拠点を置く。リオハルトに比べたら、フェリクスなど国王にもなれない惨めな立場でしかない。

スカーレットには色惚けた老公爵《ジジイ》がお似合いだというのに。

そのメイナードは、ひきつった顔に愛想笑いを浮かべ、大国の王に取り入る隙を窺っている。

「はは……お戯れを、陛下。この者はそれがしの妻でしてな。しかし陛下がどうしてもとおっしゃるのなら、一晩だけ――」

「妻だと？　ならばすぐに離縁していただこう。貴様は彼女を丁重に扱っているとは言い難《がた》い。伴侶がこのような目にあっているのは見すごせぬ」

「ヒッ！」

ぎろりと怒りを孕んだ視線で睨まれ、メイナードは尻もちをついた。手に入れたばかりの妻を餌にルーゼンフェルド国王の気を惹くという愚策はあっというまに崩れ去ったらしい。

（この役立たず!!）

つい数時間前には贈りものの数々に彼を褒めそやしていたことなどすっかり忘れ、メリッサは心の中で毒づいた。

スカーレットが大国の王から見初められるなどありえない。

これまでスカーレットのものはすべて奪ってきた。メリッサにとってスカーレットは、幸せになるための踏み台でしかない。

だとしたら、と心が囁く。

（陛下に相応しいのは、お姉様よりもあたし）

フェリクスの手を放すとメリッサはリオハルトに駆けよった。頰を紅潮させ、うっとりと目を潤ませてリオハルトを見上げる。

メリッサを認めたスカーレットが顔を青ざめさせた。

（そうよ。なんだってお姉様よりあたしが上。見てなさい、すぐに奪ってあげるわ）

けれどもリオハルトに触れようとした手は、彼が身を引いたことで空をさまよった。

スカーレットを庇うように抱きよせたリオハルトは、メリッサを一瞥しただけで沈黙を貫き、アルメリク国王と王妃に向かいあった。

「私がアルメリクへきたのは、彼女をさがすためです。お手を煩《わずら》わせて申し訳なかった。ご協力に感謝する。アルメリク王国に繁栄のあらんことを」

それだけ言うと、リオハルトはスカーレットを連れて広間をあとにしてしまった。メリッサなど眼中にないという態度だ。身の丈にあわない状況を呆然と受け入れている姉の姿にも反吐《へど》が出そうになる。

残された貴族たちは、今起きたことへの推測を口々に語りあい、壊れた蛇口のように騒ぎをまき散らす。

「では、あの娘は神殿を冒瀆したのではなく」

「隣国に〝伴侶〟がいたということか」

「そんなことも知らずに、わたくしたちは……」

「我が国からルーゼンフェルドの王妃が出たとなれば、周辺国も無視はできない」

スカーレットへ侮蔑《ぶべつ》の視線を向けていたはずの彼らは、これまでの行いを悔い始めた。

「わたくしたちも陛下にお目通りが叶うのではないかしら？」

「さすがにそこまではどうだろうか……」

弾んだ声に視線を移せば、あれほどまでにスカーレットを蔑んでいたはずの母親までもが期待に満ちた顔をしている。対する父親も、疑問を口にしつつも淡い期待を抱いていた。

(お目通り？　……お姉様に頼んで？)

かっと全身が熱くなる。皮膚の下を流れる血液が燃えているようだった。

(許さない――許さない許さない許さない!!)

スカーレットに頭をさげるなんて、そんなことはあってはならない。スカーレットの赤い糸は出来損ないだ。そのせいでエインズ家は誹謗に晒され、ずいぶんと心を痛めた。両親を救ったのはメリッサの赤い糸だ。家族を苦しめたスカーレットには罰が与えられ、自分には褒美が与えられなければ。

(お姉様が幸せになるなんて許さないんだから……！)

メリッサは表情を消した。憎しみに燃えあがる心を隠し、口元にほほえみを作る。隣を振り向いたメリッサは、いつもの彼女に見えた。

「メリッサ、嬉しいからって飛びだしていかないで。俺のそばにいてくれなくちゃ」

のんきな婚約者の腕に自らの腕を絡め、メリッサは甘えるように見上げる。

「ねえ、なんて素敵なことでしょうね、フェリクス様。あたし、お姉様におめでとうを言わなくてはなりませんわ。リオハルト様のお部屋に連れていってくださるかしら」

「ああ、いいとも。メリッサ、君は本当に幸運を運んでくれる」

蠱惑《こわく》的な瞳に覗き込まれ、フェリクスは相好を崩して頷いた。

「ルーゼンフェルド国王と個人的なつながりが持てれば、俺の地位もあがる。陛下の推薦があれば兄上ではなく俺が国王になることも……」

（嫌よ、いくら王妃でもお姉様のおかげでなんて――一生お姉様を恩に着て頭をさげ続けるなんて、冗談じゃないわ！）

内心の叫びを押し隠し、メリッサは必死にほほえみをたもつ。

リオハルトのいた椅子の傍らには、腰を抜かしたままのメイナード公爵が呆然と座り込んでいた。

◆

突然のことになすすべもなく連れ去られた私は、今なお事態が呑み込めないままでいた。

ここは、リオハルト陛下のための貴賓室なのだろう。メイナード公爵からエインズ家へ贈られた品々よりもさらに豪奢な調度が部屋を飾っていた。

「まずはそのドレスを脱げ」という陛下の鶴の一声により、部屋には侍女たちがなだれ込み、あっというまに私のドレスを脱がせてしまった。

「⁉」

と思ったら、すぐに代わりのドレスが運ばれてきて、手際よく着付けをされる。新しいドレスは前のドレスとは対照的な、淡青に群青の色を重ねた、ゆったりとして品のいいドレスだった。

「あの男から贈られたドレスなど着ている必要はない」

あの男、というのは、メイナード公爵だろう。たしかに赤はメイナード家の色なのだと、侍女が言っていた。メイナード家で施されたけばけばしい化粧や髪飾りも落とされた。

戸惑う私を抱きあげて膝にのせると、リオハルト陛下は私の赤毛の髪を撫でた。

緊張に身を固くする私には、彼の表情はわからない。

髪から首すじへ這った指先は、鎖骨をなぞり、肩から腕へ――身をすくめてしまいそうになるのを耐えながら、私は息を殺した。リオハルト陛下の左手が私の左手を包む。

恐怖に跳ねる鼓動が全身を打つ。

(怖い)

そう――怖いのだ。当然のことだと思う。

アルメリクの王家と、国じゅうの貴族の前で、リオハルト陛下は私を運命の伴侶だと宣言した。

広間に走ったのは動揺だ。なぜ〝糸切れ〟の娘が。誰もがそう思ったに違いない。だってその直前まで、彼らはメイナード公爵の新しい妻として私を蔑んでいたのだから。

「……嬉しくないのか？」

声をかけられ、私は顔をあげた。リオハルト陛下は笑っていなかった。

「俺が伴侶であることが」

（嬉しい？）

重なったままの手が握られる。私の左手と、陛下の左手の小指には、赤い糸がある。伴侶が見つかったのなら、それはよろこばしいことだ。その相手がルーゼンフェルドの国王陛下であるなんて、夢に見ることすら叶わない僥倖《ぎょうこう》。でも。

（結ばれていない）

見えるだけで、途切れたままの赤い糸。

「互いの赤い糸が見えるのは、結ばれた者どうしだけだ」

「存じて……おります」

神殿で鑑定を受けるまで、赤い糸は自分にも見えない。鑑定を受けてからも、普段は自分と伴侶にしか見えないという。

相手の赤い糸が見えるということは、本来ならリオハルト陛下の言うとおり、それだけで伴侶を証明することであるのに。

（どうして途切れているの？）

――これはお前が神殿を冒瀆したからだ、スカーレット・エインズ！　呪われた娘よ！

――それが、あの子の母親は――。

神殿での囁きがよみがえり、私はぎゅっと目をつむった。震えたままそれ以上の言葉を返せない私を、リオハルト陛下は見つめ――不意に、体が浮かびあがった。

驚く暇もなく私はベッドにおろされていた。琥珀色の瞳が私の顔を覗き込む。

「疲れただろう。今日は休むといい。食事もここへ運ばせる」

大きな手が私の頭を撫でた。のりあげていたベッドから退こうとするリオハルト陛下に、はっとして身を起こす。

「いいえ、陛下、このような場所で休ませていただくわけにはまいりません」

「リオハルトと呼べ。お前は俺の〝運命の伴侶〟だ。他人行儀な態度は好まない」

「しかし――」

「あの公爵とやらにも話をつける。お前は何も心配しなくていい」

メイナード公爵の名を出され、びくりと肩が震える。

（そうだわ……公爵がいいと言うはずがない。お父様や、カリーナ様だって――）

青ざめた頬を両手で包み込まれ、思考は途切れた。柔らかな感触が額に落ち、それが何かを考える前に今度は鼻すじをたどるようにぬくもりが移る。見開いた視界はなぜか、誰もが見惚れるであろう美貌で埋め尽くされていて。

「へっ、陛下……！」

「リオハルトと呼べと言ったろう」

驚いて身を離せば、その分だけ距離を詰められた。

「……リオハルト……様」

言い直すと、リオハルト様はまだ不服そうだったけれども、「まあいい」と頷いてくれた。

ふたたび頭を撫でられて、逃げたい気持ちと身を低くしなければという敬意がまざりあううちに背中がシーツについた。

「顔色が悪い」

眉をひそめ、赤毛に指を通すリオハルト様は、本気で私を心配しているように見える。

私が何を言えばいいのかわからないでいるうちに、扉の向こうから控えめなノックの音が届いた。

「なんだ」

「陛下、ご挨拶の準備ができましてございます」

「わかった」

もう一度私の額にキスを落とし、リオハルト様は立ちあがる。遠ざかる背中を、私は見つめることしかできなかった。案じるような最後の一瞥だけを残して、装飾の施された扉は静かに閉じた。

私はここに留まるしかないらしい。

実家とは比べものにならないシーツとクッションに重たい体を横たえて目を閉じる。

(リオハルト様は本当に、私を伴侶だと思っているのかしら……?)

長いあいだ愛されてこなかった心は、リオハルト様のお言葉を疑ってしまう。

けれども考えをまとめる前に、思考はじわじわと睡魔に侵食された。

閉じ込められていた地下室から出されて公爵家へ行き、王宮へ呼ばれたかと思えばこの状況だ。

指摘された体調を自覚すれば、私はたしかにどうしようもなく疲れていた。

どんなに信じられないと思っても、背中にふかふかと心地よい感触だけはほんものだ。

◆

廊下を歩むリオハルトの表情は険しかった。スカーレットの前ではどうにか耐えていた怒りが、彼女と距離を隔てたことで自制できなくなる。

広間からやや離れた一室、普段ならば上位貴族たちの控えの間として利用される部屋には、メイナード公爵とエインズ伯爵夫妻がリオハルトを待っていた。優秀な従者クラウスが、アルメリク国王を通じて呼びだした者たちだ。

リオハルトの入室とともに、その表情は不安と期待の入りまじったものになる。

クラウスがご挨拶と告げたのは、事を公《おおやけ》にしないためのただの方便だ。彼らもそれがわかっているからこそ、互いにかける言葉はない。

「恐れながら、陛下――」

粘着質な笑みを浮かべ、最初に言葉を発したのはメイナードだった。

「先ほども申しあげたとおり、スカーレットはそれがしの妻にございます。陛下が我が国で伴侶を見いだされたことは何よりの慶事でありますが、それがしにも面目《めんもく》というものがございます」

「つまり、離縁はするから、金をよこせと？」

眼光鋭く睨まれ、メイナードは顔をひきつらせたが、虚栄に膨らんだ唇はすぐに笑みの形に歪む。

「さすが、話がお早い。なにせあの娘には金を使いましたから」

言いつつ、エインズ夫妻へ意味ありげな視線を送る――そういった駆け引きの数々が、ますますリオハルトの怒りを煽るとは知らずに。

「では貴様の言うとおりの額をやろう。せめてもの餞別《はなむけ》だ」

「餞別……？」

妙な物言いに眉を寄せるメイナードを、リオハルトは底冷えのするような目で見下ろした。

「俺の従者がスカーレットの存在に気づいたのは、ある組織を追っていたからでな」

ばさりと床に落とされた紙片を見て、メイナードは一瞬にして蒼白になった。それらはクラウスによる報告書。メイナード家になぜあれほどの財産が蓄えられたのかは、誰も知らないはずだった。黒い噂を囁かれることがあっても、証拠は残るまいと高をくくっていた。

「貴様の悪行はすべてアルメリク国王にお伝えする。困窮した貴族から娘を買うだけでなく、人身売買組織とのつながりがあることも。貴様が過去に買収した判事たちからの証言もあわせてな」

リオハルトの見せた紙片には、取引をした者たちの名まで詳細に書かれている。その中の組織からたしかに、メイナードは親に捨てられた娘たちを買ったことがあった。貴族令嬢や奉公人たちにはできないような仕打ちを受けさせるために。

「な……あいつら、わしを裏切って……！」

「金と命なら誰だって命をとる、それだけのことだ。――それから」

床に膝をつき紙をわしづかむメイナードの手を、リオハルトは容赦なく踏みつけた。

「ぎゃあ!!」

「二度とスカーレットを妻と呼ぶな。ここで殺したくなる」

肥えた指に血を滲ませて転げまわるメイナードを、エインズ夫妻は怯えた目で見つめた。

「さて――エインズ伯爵殿」

リオハルトから視線を向けられ、思わず「ひぃっ」と悲鳴が漏れる。だがリオハルトが告げた言葉は、想像よりも柔らかく、

「俺はあなたに結婚の許しを得なければならない立場らしい。……この男は後ろ暗いことが多く、スカーレットを妻と呼びながらも王家に婚姻の届けをしていなかった。スカーレットの法的な所属はあなたのもとにある」

それはアルメリクの国王夫妻に確認してわかったことだった。次々に買いあげては捨てられてきた令嬢たちは、離縁の手間を省くため、婚約者という建前がとられていたのだ。

それを容認するのだから、この国は根幹から腐っていると言わざるをえない。

エインズ夫妻は呆然とリオハルトを見つめた。やがて彼の言葉が理解できてくるにつれ、二人の頬は紅潮した。どうやら自分たちが呼ばれたのは非難されるためではないらしいという希望が見えてきたからだ。

「スカーレットを俺のものとしてよいだろうか？」

「ええ、もちろんです」

「娘がルーゼンフェルド国王の妃となるなんて、とても嬉しいお話です」

興奮に震える手を握りあい、エインズ夫妻は笑顔を見せた。リオハルトが伴侶と認めるのなら、スカーレットは王妃の座にも手が届く。そうなれば彼らは大国の王妃の親、国王の義親である。子が生まれれば次期国王の祖父母ともなる。メリッサを第二王子に嫁がせる以上の権力を、エインズ家は手に入れるだろう。

「礼を言おう」

薔薇色に染まった未来図を空想する彼らは、口角をあげるリオハルトの琥珀色の目が、凍える怒りに燃えていることに気づかない。

「こちらこそ、陛下にはお礼を申しあげねばなりません」

「あの子が〝糸切れ〟とわかったときはどうしようかと思いましたが、大切に育ててきたかいがありました――」

ぞくり、と背すじを冷たいものが走り、夫妻はようやく室内に満ちる重苦しい空気に気づいた。メイナード公爵の悪行が露見している以上、自分たちがスカーレットに与えた仕打ちも調べ尽くされているに違いない。そんな当然のことに、今さら思い至る。

「大切に、か」

リオハルトは低く呟いた。彼の脳裏にスカーレットの姿がよみがえる。

触れたスカーレットの髪は傷んで艶を失っていた。似合わぬドレスを着せられ露出させられた肌は青白く、手首は折れてしまいそうに細かった。何より、リオハルトに抱かれたスカーレットは、血を流す小鳥のように体を縮こめ、伴侶を見つけたよろこびなど微塵も感じていなかった。

「アルメリク国王には、エインズ伯爵の許可をいただいたと伝えよう。スカーレットは我がルーゼン王家の庇護下に置き、今後エインズ伯爵家のいっさいの接触を禁じる。ルーゼンフェルド王国にも足を踏み入れることはならぬ」

「な……!?」

青ざめる夫妻は、陸に捨てられた魚のように口をぱくぱくとさせた。

「俺の伴侶を虐げていたんだ、当然だろう？　このことはルーゼンフェルドの貴族や商人たちにも知られることになる」

「そんな……！　それでは我が家は……！」

国内の通行を禁止された者というのは、犯罪者の扱いだ。それが国王直々の命令とあっては、ルーゼンフェルドの人々はエインズ家との関わりを断つ。トマス商会をはじめ、ルーゼンフェルドと取引のあるすべての商会はエインズ家を避けるようになるだろう。そんなことが知られれば、アルメリク国内の地位もどうなるかわからない。

「どうか、お慈悲を……‼」

「慈悲は十分に施している。そうでなければ――」

ぎろりと殺気だった視線を向けられ、エインズ夫妻は力尽きたようにくずおれた。夜会のために整えた髪は冷や汗に濡れて乱れ、ひきつった顔はひと息に老け込んでしまったようだ。

「どうして、どうしてこんなことに……」

すすり泣く夫妻に背を向け、リオハルトはその場を立ち去った。

第二章

運命の伴侶

うららかな陽光に包まれ、私の意識はゆっくりと覚醒した。降りそそぐ日差しは目を閉じていても眩しいくらいで、実家なら寝坊だと叱責される時刻だ。

（ああ、私、あのまま眠ってしまったのね）

逃げられないようにと食事を抜かれ、衰えた体には、昨日という一日は刺激が強すぎた。

ゆったりとして装飾のないドレスは眠りの妨げにならなかった。そういったことを見越して着替えを命じたのだろう。

まどろみながら、さらさらのシーツに頬をすりよせる。体の痛くならないベッドで寝たのは何年ぶりのことだろうか。

まだこのひだまりで眠っていたい。そう思いながらも目を開き――、

「……!?」

私は息を呑んだ。

目の前にあるのはリオハルト様の寝顔。日差しを浴びた金色の髪はそのものが光を放っているか

のように煌めき、美しい顔立ちを彩る。この部屋はリオハルト様の滞在用の貴賓室だったのだと思いだす。私がベッドで寝ていたということは、その分だけ場所を奪ってしまったということだ。

慌てて身を引こうとした私の腰を、のびてきた腕が抱きよせた。

「！」

起きたのかと窺うけれども、聞こえてくる寝息は安らかだ。なのに腰にまわされた腕は私を離してはくれないし、もう片方の手は子どもをあやすように私の背を叩いた。心ゆくまで眠れ、と無言の声がする。

でも、こんな状況で寝られるわけがない。全身を緊張させて、私は息を詰める。

（どうしたら……）

と、混乱に拍車をかけるように、部屋の扉が音もなく開いた。

「⁉」

顔を覗かせたのは、灰色の髪を後ろに撫でつけ、髭を整えた紳士。見覚えがあるのは、リオハルト様との謁見の際にも背後に控えていたからだ。白いシャツと仕立てのよいベストを着る彼は、きっとリオハルト様の信頼する従者なのだろう。

あたふたと起きあがろうとする私に、彼は唇に人差し指を立ててほほえんだ。起きなくてよい、ということらしい。

（とはいっても……）

寝息が聞こえるほどの距離で抱きしめられているのを見られるのは恥ずかしい。真っ赤になった顔を隠すこともできないのだ。

リオハルト様の腕の中で硬直する私にやさしい目を向け、彼は手早く朝食の支度を整えた。パンやパテ、フルーツなどがテーブルに用意されると、彼はまた音もなく部屋をあとにした。

遅い朝にふたたびの静寂が訪れる。

（私、ずっとこのままなのかしら……）

そう思ったときだった。

「……やっと行ったか」

耳元で低く囁かれ、私は今度こそ飛び起きた。

「リ、リオハルト様⁉　起きていらっしゃったのですか⁉」

広いベッドは、私がリオハルト様から距離をとってもまだ余裕があった。ありがたいと同時に、自分の場違いさを思い知らされる。

「どうして寝たふりなど……」

「二人の時間が欲しかったからに決まっているだろう」

リオハルト様は当然のことのように告げ、ベッドサイドから髪紐をとりあげると髪を縛った。そんな仕草すら絵になって、見惚れてしまいそうになる。

「起床したとなればそこからまた貴族どものご挨拶ご挨拶だからな」

もの憂げなその言葉は、リオハルト様と私の身分の違いを感じさせた。リオハルト様は、大陸で名を知らぬ者のない、ルーゼンフェルドの国王だ。かたや私は、過去には〝糸切れ〟の悪名で呼ばれ、家族からも存在を消された娘。

リオハルト様は運命の伴侶と言ってくださったけれど、つりあうわけがない。

「リオハルト陛下にはご迷惑を――」

「距離をとろうとするな」

ベッドをおり、平伏しようとした私をリオハルト様の腕が止めた。頬に触れた指先が私の視線をあげさせる。

「お前は俺の伴侶だ」

琥珀色の瞳に見つめられて、忘れようとしていた動悸が戻ってきた。

「伴侶を守るのは当然のことだ」

「しかし……」

私は自分の左手を見た。小指の赤い糸はやはり途切れている。

「私が、リオハルト様の伴侶だとは……」

「糸が、途切れているからか」

まっすぐな言葉に、私は戸惑った。

たとえば、フェリクス殿下とメリッサの糸がそうだったというように、この途切れた糸が、可憐な花を描いてリオハルト様の糸と結ばれたとしよう。それでもきっと私は、自分がリオハルト様の運命の伴侶だなんて信じられない。そんな心を見透かされた気がした。

私の沈黙にリオハルト様は眉を寄せる。

「……やはりあの家のせいか」

俯く私の耳に、小さな呟きが届く。

「え」

「お前の両親だ。お前を苦しめていたのは、あの腐った家の者たちだろう」

「両親に……会ったのですか？」

顔をしかめたままでリオハルト様は頷いた。その表情からは、エインズの家族を心底軽蔑している感情が読みとれた。

私は、よろこぶべきなのだろう。

伴侶と言ってくれる人が見つかったことも、その相手がリオハルト様であることも、リオハルト様がこれまでの私の扱いに憤りを感じてくれていることも、全部が私には過分の幸福だ。

けれども、私にはどうしても、赤い糸の恩寵がよろこべない。

私は胸元をさぐる。昨夜の着替えでも離さなかったから、赤珊瑚のお守りはそこにちゃんとあった。

このペンダントは、私が愛しあう両親から生まれたという証拠。

そして、そんな事実などなんの意味もないという証明でもある。

「赤い糸で結ばれていれば幸せだと誰もが信じています。でも私にはそれが信じられません」

お母様が亡くなって、私の味方は誰もいなくなった。周囲にあふれていたのは敵意と悪意だけ。穏やかな暮らしを望み、私は貴族籍を捨てて平民に落ちようとしていた。

ここで私がリオハルト様の手をとれば、きっと私は流されてゆくだけの人間になってしまう。あれほどに自分を苦しめた赤い糸に、今度は縋って生きねばならない。

「もう赤い糸に振りまわされるのはたくさんです」

「スカーレット」

俯く私の顎を、しなやかな指先がとった。上を向かされて、リオハルト様と目があう。まっすぐで、真剣な視線だった。

涙があふれそうになるのを堪え、私は黄金に輝く瞳を見つめた。

ほかの貴族たちのように、赤い糸に全幅の信頼を寄せ、これが自分の幸福をたぐりよせるのだと信じることはできない。

この先も途切れた糸に怯えて生きていくくらいなら。

「私は一人で生きていきたいのです」

「だめだ」

「お許しください」

ぽろぽろと涙がこぼれる。頬をつたう雫を指先で拭い、リオハルト様は小さく息をついた。

「呪いなら俺も背負っている」

それがどういう意味かを尋ねる勇気は、私にはなかった。

リオハルト様は神聖なもののように私の左手をとると、身を屈め、うやうやしく口づけた。途切れた糸は、リオハルト様の目にも映っているはずなのに。

「俺はお前を伴侶とする。この途切れた糸に誓って」

「……ッ」

走った痛みに眉をひそめる。リオハルト様の白い歯が小指の付け根に立てられていた。そのままぞろりと咬み痕を舐められて、熱い吐息がかかる。

あまりのことに涙は止まってしまった。真っ赤になった私を、リオハルト様が上目遣いに見上げる。

さしだされた左手は、指先を私の涙に濡らしていて。そして、小指の付け根からは、見間違えようもない赤い糸がのび、ふっつりと途切れていた。

私の手にあって、見慣れたもの。けれども他人の手にあるそれは、ひどく異様だ。

「逃がす気はない。地の果てまでも追いかける」

牙を剝いた獣のようにその言葉は力強かった。けれども向けられた視線の奥に、脆《もろ》い輝きが宿っていたと思うのは、私の勘違いだろうか。

それを確認するすべはなく、黙り込んでいるうちにリオハルト様の手がのびてきた。

「……あの……」

戸惑いの声をあげた瞬間、私の口はちぎったパンを食《は》まされていた。口の中にものが入ったまま話をするのは行儀が悪いため、黙々と咀嚼し、飲み込む。上質な小麦を使って作られた焼きたてのパンは、カリッとしてふわっとしてもちっとして、これまで食べたどのパンよりもおいしかった。

「ありが」

まずはお礼を言わなければと開いた口に、また食事が運ばれる。今度はサラダだ。

まとまった言葉を発するのは不可能そうだと理解して、私はそっとリオハルト様の膝からおりようとした。だがそれも、がっちりと腰にまわされた腕に阻まれた。

あのあと、逃がす気はないと告げたリオハルト様は、有無を言わせず私を抱きあげると朝食の席についた。……なぜか私を膝の上にのせて。

リオハルト様よりも高くなってしまう目線が畏れ多くて、それでも味わう食事はおいしくて、どうしていいかわからない。

「昨日もほとんど食べていないだろう。ゆっくりと食べろ」

とにかく早く食べてしまおうと焦ったら、パンを持ったリオハルト様の手は遠ざかった。ときどき私の手足や腰に触れては「軽すぎる」と顔をしかめていらっしゃったので、体調を心配されているのはとてもよくわかった。

結局、朝食はすべて、リオハルト様の手ずから与えられた。つまり、「あーん」された。

朝食を終えた私は、次に侍女たちによってドレスを着せられ、控えめな化粧を施された。リオハルト様は例の従者が身支度を整え、すでに部屋を出ている。

リオハルト様の気配が消え、ほっとしてしまうのは仕方のないことだと思う。

私は左手の小指を見つめた。咬み痕はもうない。けれど、ただの儚い戯れだったというには強く、リオハルト様の温度は心に焼きついている。

「申し訳ありません、なにか粗相《そそう》でも……？」

思わずついたため息に侍女の一人が手を止める。私は慌てて首を振った。

「いいえ、なんでもありません。ごめんなさい」

リオハルト様のことを考えてだとは、口が裂けても言えない。

鏡の中にできあがった私は、品のよいドレスを着て、昨日までの私とは別人のよう。晩餐会でメイナード公爵に着せられていたものよりもずっと似合うと自分でも思う。

髪は結わず、立ちあがった私に礼をして、侍女たちは退出していった。入れ違いにリオハルト様の従者が入ってくる。

白髪のまじる頭をうやうやしくさげて、彼は名乗った。

「私《わたくし》はリオハルト陛下の侍従頭を務めております。どうぞクラウスとお呼びください」

「ありがとうございます。あの、私のことはスカーレットと」

「スカーレット様。私に辞儀は不要にございます」

反射的に頭をさげようとした私を押しとどめ、クラウスはにこりとほほえみを見せた。

「スカーレット様は我が主の伴侶にございますれば、私にとっても主人ですので」

(伴侶……なのかしら)

私はまだそれを認めきれていない。

悩むうちに、部屋の扉が開き、宝石箱やドレス、めずらしい織物などが運び込まれた。絶え間なく出入りする人々は、あっというまに部屋の一角を豪奢な品々で満たしてしまった。家を出る前に見た、メイナード公爵からの贈りもので埋め尽くされた広間を思いだす。

「こちらはスカーレット様へ、お祝いの品々です。送り主の名を読みあげますか?」

「……いいえ」

私は視線を伏せて首を振った。

きっと、メリッサなら、大よろこびで手にとるに違いない。そしてどんな高位貴族が自分にすりよろうとしているのか、名前を聞いて満足するだろう。

けれど私にとってのこれは、打算と欺瞞《ぎまん》の象徴でしかない。

「受けとりたくありませんか?」

私は驚いてクラウスを見た。歳を重ねた顔にほほえみを刻んで、私が返事をする前にクラウスは頷いた。

「では、返却するように手配いたします。陛下もそのようになさいますから」

「リオハルト様も？」

「あの方は、富には心動かされません。……スカーレット様」

胸に手を当て、クラウスは頭をさげた。

「どうか、主の我儘をお許しください。あの方はずっと、あなた様に会うためだけに、孤独に生きてこられたのです」

「――どういう……」

顔をあげたクラウスは目じりに皺を寄せ、困ったように笑った。これ以上は言えないのだと、やさしい目が語っていた。

「本日は、誰も通すなとの仰せです。私は扉の外に控えております。御用がございましたらどうぞいつでもお呼びください」

また顔が見えなくなるほど深々と頭をさげて、クラウスは退出した。

気づけば侍女たちもいなくなって、部屋には私一人だ。

久しぶりにくちくなったお腹に眠気を誘われて、私はベッドに倒れ込んだ。

（きっとこのために一人にしてくれたのね……）

昨夜と同じ、コルセットなしのシンプルなドレスも、髪を結わなかったのも、リオハルト様がそう命じてくださったのだろうと思う。

ペンダントを握りしめて目を閉じれば、意識はすぐに眠りの世界に攫われた。


私にとって、赤い糸は呪いだ。

けれども本当は、私だけでなく。

誰にとってもそうなのだろう。

◆

裕福な商家の娘であった私のお母様は、幼い頃からお父様と顔見知りだったそうだ。

神殿も赤い糸も知らないうちに、二人は将来を誓いあった。十歳になったお父様は神殿で鑑定を受け、赤い糸がとある子爵家の令嬢と結ばれていることを知るが、彼女には見向きもしなかった。

成人し、当主の座を譲り受けると、お父様は最後まで反対していたお祖父様を押し切る形でお母様と結婚した。

私が生まれ、両親は愛情を注いでくれた。物心つく前の私の記憶にかろうじて残っている、二人の笑顔。

『スカーレット。君がぼくたちの赤い糸だよ』

自分譲りの赤毛を撫で、お父様は私を両手で抱きあげほほえみかけた。

『愛しあう二人に、糸の証明なんか要《い》らないんだ』

けれども幸せな時間は長くは続かなかった。お父様が赤い糸の相手を伴侶としなかったことで、娘を見捨てられた子爵家が猛烈にお父様を批判し始めたのだ。赤い糸の示す幸福は貴族の特権で、お父様はそれを放棄したに等しい。娘を妻としなかったエインズ家は、必ずや落ちぶれる、と。

エインズ家は社交界や商会からの信用を失い、実際に経営は破綻の兆しを見せる。

お父様は王宮での職を奪われた。恩寵に逆らう者に政治は任せられないという理由だった。

エインズ領で収穫された作物を、誰も買ってくれなくなった。商談をしようにも、誰もテーブルについてくれない。融資をお願いする相手もいない。

『ねえ、ジェシカ、スカーレット。ぼくの愛情を疑うことだけはしないでおくれ』

悲しげに笑うお父様に、お母様は私とお揃いの赤珊瑚のペンダントを贈った。

血のように鮮やかな赤は、きっと三人を結ぶ糸の代わり。

お父様が、子爵家からの融資と引き換えに、別の生活を始めたのは、それからすぐだった。

ときどきお父様はいなくなる。週末や、よその家で大きな晩餐会が開かれる夜、使用人たちを帰してしまった家で一人泣くお母様を、私は一生懸命慰めた。

『おかあさま。おとうさまは、おしごとをされているのでしょう。さみしいけれど、わたしたちのためだもの』

『……そうね』

自分の発言が泣き濡れた顔でほほえむお母様を困らせていたのだとわかったのは、切りとられたお父様の時間が何に充てられていたのかを知ったのは、憔悴《しょうすい》して病に臥せたお母様が亡くなり、後妻としてカリーナ様と、異母妹メリッサがエインズの家にやってきたときだった。

カリーナ様は、エインズ家を非難した子爵家の娘――お父様の赤い糸の相手だ。

今でも鮮明に覚えている。新しいお義母様は、私の前でお父様の腕をとるとメリッサを抱きよせ、うっそりと笑った。

『これが正しい家族の形だったのよ、あなた。……あなたが少し間違えたせいで、余計なおまけがついてしまったけれど』

その毒は少しずつお父様に染み込んでいった。

伴侶を得たことで、王宮への出仕許可がおりた。商会はエインズ領の作物を買いとるようになり、子爵家の融資を受けて経営は改善した。

あれほど愛を説いてくれたお父様も、手のひらを返すようにすべてがうまく進むのを見れば、間違っていたのは自分だと認めるしかなかった。

そして、私が恩寵を持たない〝糸切れ〟だと宣言されたあの日。花を描かぬ醜い糸が、皆の目に映ったとき。

『いったい何をしたのだあの娘は』

『それが、あの子の母親は――』

自分の子に同じ災いは起こらないはずだと安心したい貴族たちは、私の生まれを悪し様《あざま》に、もういないお母様に罪を被せるように、吹聴した。

『あの子の母親はね、平民のくせに、赤い糸に逆らってあの子を産んだのだよ』

『まあおそろしいことを。きっと〝糸切れ〟はその罰だわ』

それから三年後、フェリクス殿下とメリッサが結ばれて、女神の真意は証明された。誰もがそう考えた。エインズ家は許され、華々しく社交界へ戻っていった。

『お姉様のせいで、お父様もお母様も大変な苦労をなさったのよ。本当に汚らわしい』

女神から与えられた力を使い、メリッサは私を這いつくばらせ、教え込んだ。

私は赤い糸に叛《そむ》いて生まれた出来損ない。エインズ家に繁栄をもたらすのは、メリッサのほう。


言い争う声に私は目を覚ました。額には汗がびっしりと浮かんで、冷たくなっていた。

身を起こせば外はすでに夕暮れだった。沈みかけた日が白いドレスを燃えるような赤に染めている。扉の向こうからは変わらず声が聞こえる。

「部屋に入れなさいって言ってるでしょう⁉」

（メリッサの声……？）

その一方がメリッサのものであることに気づき、私は体を緊張させる。左手の小指に無様な糸を見て、心臓はますます苦しくなった。指先が痺れるように冷たい。

予想どおり、メリッサは〝糸切れ〟のはずの私の思いがけない幸運に怒り、問いただしにきたのだろう。

「ここは陛下のお部屋です。誰も入れぬようにと仰せつかっております」

低く、落ち着いた声がした。やわらかい口調であるのに断固とした響きを持つクラウスの声は、私を守ろうとしてくれていた。

扉はリオハルト様が出ていったときのまま、固く閉ざされている。

少なくともメリッサがこの部屋に入ってくることはないようだ。メリッサと顔をあわせなくてもいい。――なのに、動悸が止まらない。

どくんどくんと体じゅうに響く鼓動の合間から、メリッサの金切り声が聞こえてくる。

「でもあたしはスカーレットお姉様の妹なのよ⁉ お顔を見て、お祝いを言いたいの！」

「お時間が作れますように、陛下に申しあげます。ですから今はご容赦を」

「何よあなた、従者の分際で――」

「メリッサ、これ以上はまずいよ」

弱々しいフェリクス殿下の声がメリッサを止める。

「……ッ！ わかったわ。なら、お姉様にこれだけは伝えてくださらない？」

（怖い）

両手でドレスの胸元を握りしめ、身を小さくして私はメリッサの言葉を待った。

家を出ようとした私の計画を両親に教えたのはメリッサだ。私が立ちあがろうと抗うたびに、メリッサはそれ以上の力で私の頬を地べたに押しつけてきた。

「トマス商会から男の子がきたの」

案の定、告げられた言葉は私の選択肢を奪うもので。

「お姉様が嫁ぐ前にお話がしたかったのですって。今は我が家で待たせているわ。どうするか教えてほしいの。あたしは家に帰るから、お返事はエインズ家までくださる」

「はい、承りました。必ずお伝えいたします」

返答が聞こえたと思うなり、礼を言うこともなくヒールの靴音は遠ざかっていった。そのあとをあたふたともう一つの足音が追いかける。

（カール……!!）

声をあげてしまいそうになる口を押さえ、私は必死に呼吸を静めようとした。

メリッサは知っていたのだ。私の出奔をカールが手引きしていたと。

（やっぱりこんなことに巻き込むのではなかった）

ぎゅっとつむったまぶたの裏に、屈託のない笑顔が浮かぶ。

「スカーレット様……？　起きていらっしゃいますか？」

控えめな呼びかけが扉の外から投げられた。私はいっそう強く口を塞ぎ、呼吸を殺した。返事のない私にまだ眠っていると判断したのか、さらに声がかけられることはなかった。

細い深呼吸を繰り返して心を落ち着けると、滲む涙を拭い、私は顔をあげた。

(行かなくちゃ……！)

これはメリッサの脅しだ。公爵との結婚を全うしなかった私に、カールの命は自分が握っているのだと仄《ほの》めかして、私をおびきよせようとしている。

そうだとわかっていても、カールを見捨てられるわけがない。誰からも見向きをされていなかった私のためにカールは力を尽くしてくれた。

足音を忍ばせてベッドからおりると、ショールを羽織《はお》る。窓を開ければすでに日は沈みきって、夜の風が部屋に吹き込んだ。そんなつもりではなかっただろうが装飾のないドレスは動きやすく、夜の闇は私の赤毛を隠してくれる。見つからずに王宮の外へ出られれば、馬車を拾えるだろう。

見上げた星空は私を励ますように瞬いた。

ドレスの裾をたくしあげると内庭へおり立ち、私は駆けだした。

◆

屋敷へたどりつくまでに、王都には完全な夜の帳《とばり》がおりた。

灯りの消えたエインズ家は、そこに屋敷があるなんてわからないほどに静まり返っていた。

(誰もいない……どうして……?)

通いの使用人たちもまだ帰る時刻ではないはずなのに、それどころか住み込みの者もいないらしい。

屋敷に入り、私は耳を澄ませた。やはり屋敷内は物音ひとつせず、部屋の灯りもすべて落とされている。

メイナード公爵からの贈りものが並んだ広間を、私は息を殺して通り抜けた。この家を出たときのままに、何着ものドレスや、金銀細工の施された姿見、宝石の詰まった化粧台などが所狭しと置かれている。

(カールが捕まっているとしたら、地下室だわ)

地下室は、屋敷の奥、使用人の区画にある。

窓のない地下室は昼間でも暗く、黴《かび》臭く湿っていて、いくら泣いても誰にも聞こえない。お父様もカリーナお義母様も私を幾度となく閉じ込めた。そしてつい一昨日までも、逃げようとした私が閉じ込められていた場所だ。

震える指先を握りしめ、階段をおりる。急な石段は足音を反響させ、私を咎めるように鋭くこだまする。鉄でできた重たい扉を開き、私は中を覗き込んだ。澱んだ空気が鼻を突く。

地下室の一角はぼんやりと明るんでいて、人の気配があった。

「……カール？」

名を呼んだ途端に、腕を引かれた。

「ッ！」

ぱっと覆いがとられ、石造りの壁をランプの光が照らしだす。長い影を引き私の顔を覗き込んだのは、カールではなかった。

「メリッサ……」

「お馬鹿さん。くるとは思ったけど、本当にきたわね」

「カールは——」

「いるわけないでしょ。嘘よあんなの」

メリッサの言葉に私はほっと息をついた。

「カールは無事なのね？」

「他人の心配をしている場合ではなかろう？」

暗がりから声がした。背中にずんと衝撃が走って、遅れて痛みがやってきた。蹴られたのだと理解したときには止まっていた呼吸が喉を鳴らす。床に倒れ込んだ私の胸元から、赤珊瑚のペンダントがこぼれでた。

「げほっ！　く、うぅっ！」

激しく噎《む》せる私の髪をつかみ、顔をあげさせたのは、メイナードだ。でっぷりと肥えて血色のよかった頬はたるみ、目は落ちくぼんでいる。

「お前のせいでわしは破滅だ！　どれだけいたぶっても足りん」

濁った瞳がぎょろぎょろと動き、憎しみに燃える視線が私にそそがれる。

けれど、やがてその分厚いまぶたは、だらしなくたわんだ。

「ふ、ふふ。だがな、メリッサ嬢が、わしに教えてくれた。お前がここへくると。お前が失踪したとなれば、陛下も諦めざるをえんだろう？　そうなればわしの罪状も消えてなくなるかもしれん」

夢見る目つきでメイナードは私の顎をとる。その手は赤黒く変色し、血のあとが滲んでいた。

(この人、まともじゃないわ)

彼にはもう、現実が見えていない。目の前にいるのは涎を垂らすただの獣だ。

扉へ逃げようとする私の前に、メリッサが立ちふさがる。

「うふふ、たっぷりと可愛がってやってくださいな。本当ならお姉様は公爵閣下の妻なのですもの」

ひそりと囁き唇を歪めるメリッサに、メイナードが頷いた。

「ああそうだ。金も払った。こいつはわしのものだ。呪われた〝糸切れ〟め。お前に関わったせいだ。わしの受けた屈辱、返させてもらうぞ」

下卑た笑い声をあげ、重たい足がペンダントを踏みつける。ぱきんと小さな音を立てて、赤珊瑚はいくつもの破片に割れた。メイナードは首をかしげたけれども、気にした様子もなく私に向きなおった。自分が何を壊したのか、気づいてすらいない。

（お母様——……！）

腕をとられ、恐怖で体がすくむ。心臓が厭な音を立てて軋んだ。耐えていた涙が滲み、喉が震える。嫌、やめて、と叫んでいるはずなのに、その声が聞こえなかった。膜を張ったように現実感のない世界で、逃げようともがく自分の手が視界に映る。左手の小指からは、赤い糸がのび、けれどもそれは頼りなく途切れ——何度も見た光景だ。何があろうと、これが現実。

涙があふれだした。

幸せになろうとなんて思っていなかった。ただ貴族社会を抜けだし、平民になりたかっただけだ。ひっそりと暮らせればそれでよかった。

私の願いは、こんなにまで否定されなければならないものなのだろうか？

「いい様《ザマ》だわ」

泣き顔を覗き込んだメリッサの扇が、涙で濡れる私の頬を叩く。

「ははは、泣け！　叫べ！　そのほうが楽しめる！」

舌なめずりをし、メイナードがのしかかる。体じゅうが痛みを訴えた。巨大な影が、あの日見上げた神官の姿に重なった。

「——いやああああああっっ!!」

ドレスの胸元へかかった手に、悲鳴をあげた、瞬間。

激しい物音がして、私の動きを封じていた重みは体の上から消えた。「ぐぎゃっ」という奇妙な声と、何かが叩きつけられる音。私にわかったのはそれだけだった。

状況を把握する前に、私の体はたくましい腕によって抱きあげられた。おそるおそる見上げる視界に映るのは、ランプの光を反射して輝く金髪。様々な色の混じりあった、琥珀色の瞳――。

「スカーレット！」

「リオハルト様……？」

険しい顔で私を見つめるリオハルト様がいた。動こうとした拍子に体が痛み、私は咳き込んだ。喉から血の匂いがする。

リオハルト様はいたわしげに眉を寄せ、私の額に口づける。

「すまない。この屋敷を見つけるのに手間どってしまった」

(助けに……きてくださった)

黙って部屋を出ていった私を、さがしてくれた。異国人であるリオハルト様が王都の数多い屋敷からエインズ邸を見つけだすのは骨が折れただろう。少しあがった息も、彼が屋敷内を走りまわってくれたことを示している。

「う……ぐ……」

呻き声に振り向けば、メイナードが巨体をよろめかせて立ちあがろうとしているところだった。

リオハルト様は表情を変えるとメイナードを睨みつけた。一瞬にして部屋の空気が重くなる。

リオハルト様の眩威《グレア》だ――それも、メリッサのように数秒で終わるものではない。

「あ……！　あが……!!　が、あ……!!」

顔を土気色に変え、メイナードは首元を掻きむしった。あまりにも強い恐怖に晒され、呼吸ができないのだ。

「おやめください、死んでしまいます！」

「ああ、だがどうせこいつの罪状では一生牢から出られまい。殺したところで、アルメリク王から感謝されるくらいだ」

メイナードを見下ろすリオハルト様の視線はぞっとするほどに冷たい。虫けらほどにしか思っていないことがわかる目つきだからこそ、メイナードの恐怖は倍増される。それにリオハルト様の言うことは事実なのだろう。クラウスもリオハルト様を止めることなく、黙って見ている。

（でも……！）

抱きあげられたまま、私はリオハルト様に縋りついた。

「いけません、リオハルト様……お願いします」

「……わかった、お前が言うなら」

リオハルト様は小さくため息をついて目を閉じた。メイナードは動きを止め、泡を吹きながらずるずると床に倒れ込む。胸は上下しているから、生きてはいるようだ。

リオハルト様の視線がメリッサへ移った。

「ひぃぃ……っ！」

メイナードの惨状を見たメリッサは、恐怖に動かない手足をあがかせ這いつくばりながら扉へ向かおうとしていた。自慢だった容姿は泣き濡れて、崩れた化粧を巻き込んで流れる涙が痛々しい。

「あれは本気で息の根を止めてやりたいところだが……残念なことに、罪状が足りぬ」

舌打ちをこぼし通りすぎようとするリオハルト様と、その腕の中の私を、メリッサは呆然と眺めた。やがてメリッサの顔が醜く歪む。

メリッサの心の中にあるのは、命が助かった安堵よりも、この状況への怒りだ。

「どうして……っ、どうしてよ、お姉様は出来損ないで、あたしが一番でっ。お姉様は家族を苦しめてきたのよ、罰を与えるのは当然でしょう⁉」

深い紫の瞳からまた涙があふれだす。

「どうしてっ‼」

私はリオハルト様の腕から抜けでると、半狂乱のメリッサの前に膝をついた。

「メリッサ」

紫の瞳を覗き込んでも、息苦しくはならなかった。

きっともうメリッサと会うことはない。

お父様とも、カリーナお義母様とも。

「あなたも苦しんだのはわかるの。でも……私、こんなことをされる覚えはないわ」

「おねえ……さま……？」

私の反論が理解できないとでもいうように、メリッサは不思議そうに首をかしげた。

エインズの家に先にいた、ただそれだけの立場を思い知らせるために、私をよりいっそう惨めにするためにお姉様と呼んでいたメリッサ。

「さようなら」

リオハルト様が私の手をとる。私は立ちあがり、外へ出るための扉へと歩む。

最後に振り返った私が見たのは、白目を剥いて床に横たわるメイナード公爵と、呆然と座り込むメリッサだった。

「そこのゴミどもは任せるぞ、クラウス」

「御意に」

主人に忠実な従者は、胸に手を当て、頭をさげた。


リオハルト様に導かれて馬車へ入り、椅子に腰をおろした途端、止まっていた涙があふれてきた。今さら恐怖が湧きあがる。メイナードに殺意を向けたリオハルト様を止めたけれども、殺されていたのは私だったかもしれない。きっと必死にさがしてくれたのだと思う。それゆえの怒りだったのだ。

離れていた体はふたたび抱きよせられて、リオハルト様の手が乱れた私の髪を撫でる。

「……お前が、一人で生きていきたいのはわかった」

ぽつりと落ちた声に、私は目を瞬かせた。

「だが、危険があれば俺を頼れ。俺を利用しろ。そのために俺がいる」

私を見つめるリオハルト様は、これまでとは違った表情をしていた。琥珀色の瞳が月光に揺れる。

どうしてこんなに切ない眼差しをさせてしまうのだろうか。

「俺はお前の伴侶だ」

「申し訳、ありませんでした……」

私は目を閉じた。あふれた涙がするすると頬を伝う。

(こんなに寄り添おうとしてくださるのに――)

どうして私は、リオハルト様の言葉に応えることができないのだろうか。

◆

メリッサが母の再婚を機に正式にエインズ家の娘となったのは十一年前、メリッサが五歳のときのことだ。時折訪れていたやさしい紳士が自分の実の父親なのだと知って嬉しかった。三人で暮らせる日を、メリッサは指折り数えて待ちわびた。

けれどもエインズの家には前妻の子がいて、暮らしは三人ではなく四人になった。

スカーレットの手前、父は以前のようにメリッサを甘やかしてはくれなくなったし、スカーレットは除《の》け者にされまいと〝いい子〟を演じた。

陰気な顔をして冗談のひとつも言えないくせに、物覚えだけはよかったから、家庭教師から褒められるのも、家のことに詳しくない母やメリッサのかわりに使用人に頼りにされるのもスカーレット。

おまけにスカーレットが〝糸切れ〟と鑑定されて、神官からも見放され、家族である自分たちがどれほど世間からの白い目に晒されたか！

父親が平民の女に誘惑され、赤い糸に逆らって成した子がスカーレットだというのはそのときに知った。父は懸命に間違いを正そうとしている。母を妻に据え、メリッサを可愛がろうとする。なのにやっと団欒を手に入れたはずの家族のあいだには、いつもスカーレットという異物が挟まっていた。

自分の赤い糸がフェリクスと結ばれ、両親のほっとした顔を見た瞬間、メリッサは悟ったのだ。

これまでの自分の人生はすべてスカーレットに邪魔をされてきた。

でも姉の引き起こす不幸はここまで。これからはメリッサが幸せになる番。そして、スカーレットが辛酸を嘗《な》める番――。

リオハルトがスカーレットを連れてドアの向こうに消える瞬間、メリッサの眼前によみがえったのはこれまでの記憶。

自分がどうして泣きながら冷たい床に這いつくばっているのか、メリッサには理解できなかった。

それはスカーレットの役目のはずだ。泣き濡れるスカーレットを踏みつけるのが、自分に与えられた役目で。恩寵で。特権で。

(こんなの、こんなのおかしいわ。こんなのって)

クラウスと呼ばれた従者はドアが閉まるまでさげていた頭を起こし、メリッサに向き直った。

こつん、こつんと、規則正しい足音がメリッサへ近づいてくる。

石造りの地下室に、メリッサの絶叫が響き渡った。

◆◇◆

翌朝も、私が目覚めたときには日は高くなっていて、すでに王宮は動きだしていた。

私は不安を覚えた。今日は隣にリオハルト様もいない。扉越しに伝わるざわめきとは裏腹に、部屋を見渡してみても人の気配は感じられなかった。

ベッドからおりると、テーブルにメモがあった。

『廊下にクラウスがいる』

ただそれだけの簡潔なメモだけれども、意味は十分に伝わった。私が起きたときのためにクラウスを待機させてくださっているのだろう。

少し悩んだものの、私は部屋を横切り、廊下に通じる扉を薄く開けて様子を窺った。

途端、気配を察して振り向いたクラウスとぱっちり目があう。あいかわらずロマンスグレーの髪を一分の隙もなく整えたクラウスは、目を細めてにっこりと笑った。

「お目覚めですか、スカーレット様」

(なんだか、嬉しそう?)

だがクラウスはすぐに表情を引きしめ、床に片膝をついて頭《こうべ》をたれた。

「昨夜の失態、誠に申し訳ございませんでした。私がついていながら、スカーレット様を危険な目に遭わせてしまいました」

「いえ、あれは……私が勝手に出ていったせいです。顔をあげてください」

クラウスは私を気遣ったのだ。メリッサを追い返してから、控えめな声をかけてくれた。なのに私は、黙って窓から抜けだしてしまった。

冷静になって考えれば方法はいくらでもあった。カールの無事を確かめてもらうことも、メリッサを止めてもらうことも、あのとき私がクラウスの呼びかけに応えていればできた。

俺を利用しろ、と言ったリオハルト様の声がよみがえる。

（リオハルト様は気づいている……）

私が、リオハルト様やクラウスを、信じていなかったこと。

伴侶と告げた相手にそんな態度をとられて……もしかしたら、傷ついていたかもしれない。

「スカーレット様」

名を呼ばれて、私は俯いていた顔をあげた。クラウスはやさしい目で私を見つめている。

「ご自分を責めることはございません。責められるとすれば見え見えの罠からスカーレット様をお守りできなかった私のほうです。……それから、頑なに私を部屋に入れてくださらない陛下ですね」

半眼になったクラウスが天井を仰ぐ。

「自分以外の男と二人きりになるのが、許せないそうで……」

こんな枯れた老いぼれを相手に、とため息をつくクラウスの言葉を理解するのに、少し時間がかかった。やがて、私の頬はじわじわと熱を持っていく。

私の様子にクラウスはくすりと笑った。

「というわけで、侍女を呼んでまいります。お疲れだとは存じますが、食事と身支度がすみましたら、広間でご挨拶を」

「は、はい」

クラウスが頭をさげるのに反射的にお辞儀をしそうになって、思いとどまる。私のことも主なのだと言ってくれたクラウスに相対するにはきっとそうしたほうがいい。

部屋に戻って椅子に腰かけ、

（広間で挨拶……挨拶？）

なんの挨拶だろうかと首をかしげたときには、仕事の早いクラウスは食事とドレスを携えた侍女を連れて扉をノックしていた。


侍女たちは、昨日とはうってかわって豪奢なドレスで私を飾りたてた。

（これは、ルーゼンフェルドのドレスだわ）

特徴的な刺繍やレースはルーゼンフェルドのもの。イヤリングやネックレスにも見たことのない彫金が施されている。

「さあ、スカーレット様」

クラウスに連れられて、私は広間へ足を踏み入れた。

広間には多くの貴族たちが集まっていて、そして誰もが、作りものとわかる笑みを顔にはりつけてリオハルト様を取り囲んでいた。大国ルーゼンフェルドの国王とつながりを持つことができれば、アルメリクの中でも抜きんでた存在となれる。そんな心の声が聞こえてくるようだ。

私の姿を認めた彼らは、私にも媚びを含んだ目を向けた。

「スカーレット様、このたびはおめでとうございます」

「まあ、なんてお美しいお姿なんでしょう」

「ささやかながら、首飾りを贈らせていただきました。我が領で採れるルビーは色もよく……」

「わたくしは、絹のドレスを。ご覧になられましたか、スカーレット様」

返すと決めてしまった贈りものを口々に告げ、貴公子も貴婦人も、媚びた甲高い囀《さえず》りを発した。扇を閃《ひらめ》かせて私の気を惹こうとする姿は南国に棲《す》むという大鳥のよう。

（あ……）

視線を感じて私は広間を見まわした。興奮した様子の貴族たちから離れ、射るような眼差しを向けるのは、フェリクス殿下。メリッサの婚約者だ。

私を襲ったメイナード公爵とメリッサは広間にいなかった。彼らがどんな直裁《ちょくさい》をくだされたのか、フェリクス殿下の憔悴した姿を見るだけでわかるような気がした。

視線を避け、私は顔を俯ける。

「なんとよろこばしいことでしょう」

「赤い糸が、ルーゼンフェルドの国王陛下と結ばれるなんて」

「女神様が奇跡をもたらしたのだと、皆お祝いをしております」

一歩ずつリオハルト様に近づいてゆく私へ、皆の視線が集中した。

彼らは想像しているのだ。神殿で見たときは途切れていた私の赤い糸が、リオハルト様と結ばれているところを。私に賛辞を贈り、隣の誰かと頷きあって相槌を打ちながらも、視線だけはじっとりと私の左手に向けられている。

まるで、途切れた糸を晒しものにされたあの日のように。

矢のような視線と声色とが、私に降りかかる。

「……っ」

私は息を詰めてあとじさった。淑女の礼をしなければならないと思うのに体が動かない。足がすくむ。呼吸ができなくなる。目の前が真っ暗に染まりかけた――そのときだった。

力強い腕が私を支え、意識を引き戻す。

「申し訳ないが、スカーレットは体調が万全ではない。挨拶はここまでにさせていただく」

見上げた先には、リオハルト様の険しい表情があった。睨みつけるように貴族たちを睥睨し、

「クラウス」と従者を呼ぶ。

「スカーレットを部屋に送れ」

「はい、陛下」

手袋をした手が私の手をとった。せっかく身支度を整えてもらい広間を訪れたのに、私はほんの数歩で踵を返すことになった。かろうじて礼をすると、広間をあとにする。

背中に突き刺さる視線は、閉まる扉で遮断された。

それでもまだ息は苦しい。

荒い息をつきながら、私は必死に足を動かした。けれどいくら歩いても部屋にはつかない。履き

なれないヒールもレースの重なったドレスも、沼に落ち込んだように私の足を鈍くする。

「申し訳ありません」

気遣わしげなクラウスの声に、私は血の気の引いた顔をあげた。

「私のせいです。人前に出ることに慣れていなくて……」

「しかし、昨日の今日です。お休みになったほうがいいとわかっていたのに陛下を止めることができませんでした。すぐにでも出立したいとおっしゃって」

「出立？」

そういえばこれは挨拶なのだったと思いだす。

「私は何か言わなければならなかったのでしょうか」

尋ねると、クラウスはぴたりと歩みを止めた。心なしか整えた髭が震えている。平静を装おうとしているけれど、たぶん、愕然とした、という形容が正しい。

「陛下から聞いておられませんか」

「いえ、何も」

「なんということだ……」

クラウスは今度こそ声を漏らした。頭を抱え込んだせいで、きれいに撫でつけた髪がほつれる。

「リオハルト陛下とスカーレット様の婚約が結ばれました。アルメリク国王からも了承を得ています。スカーレット様の体調が回復し次第、ルーゼンフェルドへお連れします」

「――婚約……？　ルーゼンフェルドへ……？」

「申し訳ありません、主に代わりましてお詫び申しあげます。リオハルト陛下は幼少よりお一人で生き抜いてこられ、事前に相談するといったことが苦手で……いえ、それにしてもご一緒のお部屋ですごされておきながら婚約の話をしていないとは……」

冷や汗をかきながらクラウスはぶつぶつと呟いている。けれど、冷静で紳士然とした彼の慌てぶりを笑うだけの余裕は、私にもなかった。

（ああ……だからみんなは、おめでとうございますと）

知らないうちに事態は動いていく。

着飾った自分も、大量の贈りものも、手のひらを返した貴族たちの態度も、すべては私がリオハルト様の〝運命の伴侶〟だからだ。

でも、私は。

「少し、一人にしてくれませんか？」

「では、お部屋へ」

「いいえ。今、ここで」

クラウスを見つめ私は言った。

眩暈を起こした視界はぐらぐらと揺れているのに、声は他人のように落ち着いていて、震えてもいなかった。クラウスは心配そうに私を見たものの、「はい」と礼をすると廊下を歩いていった。

曲がり角の向こうにクラウスの姿が消える。

その瞬間、私の体はくずおれた。

頭ではわかっていたつもりだった。〝糸切れ〟の私は、貴族社会では呪われた存在とされ、家族は私を人々の目から隠し、最後には売り払おうとした。すべて〝糸切れ〟だからだ。女神からの恩寵を受けられない存在だから。

そしてリオハルト様が私を伴侶と宣言した途端に、彼らは私にかしずいた。私の赤い糸がルーゼンフェルドの国王と結ばれ、幸福が約束されたから。そのおこぼれにあずかろうと、あれほど忌まわしいものを見る目で見ていた私を受け入れた。

（違うわ、もっと酷い――）

本当は、誰も〝私〟のことなんて見ていなかった。

彼らが蔑んできたものが一人の人間だったとは、誰も気づいていないのだ。彼らが見ていたのは、赤い糸と、その先にある己の利益だけ。今だってずっとそうだ。

（なら、リオハルト様も？）

そうだ、と傷つけられた心が叫ぶ。

私を嬉しそうに伴侶と呼ぶリオハルト様も、私を見てはいない――。

ふと頭上に影が落ちる。

クラウスが戻ってきたのかと顔をあげて、私は息を呑んだ。

怒りの滾る目で私を見下ろしていたのは、フェリクス殿下。柔らかな金髪は乱れ、薄い唇は半開きでか細い呼吸を紡いでいる。

「……嘘なんだろう」

「殿下？」

ぼそりと呟かれた言葉を問い返すと、フェリクス殿下はいっそう私を睨みつけた。まとわりつくような不快感に呼吸がしづらくなる。

「お前たちの赤い糸が結ばれたなんて嘘だ」

（これは、フェリクス殿下の眩威《グレア》だわ）

胸に手を当て、私は呼吸を落ち着けようとした。

メリッサほど強くはない、命の危険を覚えるほどではない、と自分に言い聞かせる。そう思えばやはりメリッサは、女神に選ばれた、王家に繁栄をもたらす存在だったのだろう。

（私、また失敗したのね……）

クラウスを遠ざけてしまった。ただ一声あげればクラウスは私の異変に気づいてくれただろうに、そうする前にフェリクス殿下の接近を許してしまった。

殿下の左手が私の首にのびる。逃れたくとも、体は細かく震えるだけで言うことを聞かない。倒れ込んだ背中が床にぶつかる。

薄い唇がにたりと笑った。

「ルーゼンフェルド国王は〝糸切れ〟だ。あいつはそれを隠しているが、アルメリクにだって諜報の任を負う者はいる」

「フェリクス殿下……」

「たとえばそれをウィスロット王家が大々的に公表してやる、なんてどうだ？　あいつはおしまいだ。ルーゼンフェルドの国は崩れる」

私の狼狽をせせら笑い、フェリクス殿下は首を絞めるのとは逆の手で私の頬を撫でる。まるで愛おしむように私を見る蒼い瞳は、私の先にメリッサを見ている。

「〝糸切れ〟同士、狂言を仕組んだのか？　祝福されたメリッサが羨ましかったんだろう。メリッサを陥れたかったんだろう？」

「っ……あ……!!」

青白い指先が私の首に深く食い込み、呼吸を止める。

苦しさに爪を立てても、喉を締めあげる手は離れなかった。

「お前のせいだ。お前さえいなければ、俺たちは幸せになれたのに。呪われた〝糸切れ〟、お前のせいでメリッサは――俺の恩寵は――可哀想なメリッサ、俺の〝運命の伴侶〟」

フェリクス殿下は血走った目でメリッサの名を呼ぶ。

「スカーレット様!!」

クラウスの叫び声が聞こえた。焦った足音が近づいてくる。けれどもその足音が私のもとへたどりつく前に、私に馬乗りになっていたフェリクス殿下は壁際へと吹き飛ばされた。

抱き起こされ、通った気道に背を丸めて激しく咳き込む。

「スカーレット！」

（……リオハルト様）

私を助けたのはリオハルト様だった。

名を呼び返したくとも声にできない。ひゅうひゅうと喉が鳴る。

フェリクス殿下は不明瞭な譫言《うわごと》を呟きながら這いつくばって逃げていく。気づいたリオハルト様が立ちあがったが、クラウスがそれを制した。

「この国の第二王子です。これ以上の騒動はさすがに」

クラウスの言葉にリオハルト様は舌打ちをして歩みを止める。

次の瞬間、私はリオハルト様に抱きあげられていた。力の入らない体をたくましい腕が軽々と持ちあげる。

「今すぐルーゼンフェルドへ戻る。こんなところに俺の伴侶を置いてはおけない」

様子を窺いに広間から顔を出した貴族たちを一瞥し、リオハルト様は吐き捨てるように言った。

伴侶。それはフェリクス殿下を狂わせた響きだ。

（私もああなってしまうの？）

これは、なんなのだろう？　次々と憎しみを引きよせる、途切れた赤い糸は？

震えるこぶしを握り、私は体を小さくした。

「私は……私は、一人で生きていきたいのです」

リオハルト様は険しい表情のまま私を見据える。

「お前は俺のものだ、スカーレット」

落とされたのは、噛みつくような、拒絶を許さない王の声だ。

赤い糸に縛られない場所で生きていきたかった。私の願いは、ささやかなものだったはずなのに。

けれどももう、この国に私の居場所はなかった。

第三章 新しい暮らし

舗装された道へ入った途端、車輪は軽やかにまわり始めた。石畳の道は賑わう城下町を抜け、橋を渡り、門をくぐり、整備された庭園を横切って古めかしい城館の前まで続いていた。

アルメリクの王都を離れて三日、日中は馬を継ぎ替えて進み続け、私たちはルーゼンフェルドの東部、ルーゼン領の城館へ到着した。

城館は、巨大な母屋といくつかの棟からなっており、母屋の中央の正面玄関前に馬車は停まった。

「俺の直轄領だ。ここなら信頼できる者がいる。ここで体を休ませろ」

「ありがとうございます」

頭をさげる私の髪を、リオハルト様がやさしく撫でる。目を細められて恥ずかしさに俯いてしまう。

(気を遣ってくださっている)

お守りのペンダントをさぐろうとして、もう胸元には何もないことを思いだす。

割れた欠片をクラウスが集めてきてくれたけれど、とても直すことはできず、私はお母様のお墓にそれらを埋めてきた。

一人で生きていきたいと泣いておきながら、結局私はリオハルト様の隣にいる。これから先のことは何もわからない。馬車の中で考えようとするたびに、思考はリオハルト様に攫《さら》われた。

「お前を一人にはさせられない。俺のためにそばにいてくれ」

熱っぽい視線で私を見つめ、リオハルト様はそう囁く。

まだ私は答えを出していない。

悩みながら、リオハルト様の手をとり、馬車からおりようとしている。

靴の底に石畳の硬さを感じた。見計らったかのように、正面玄関の大扉が、その重厚さとは対照的な速度でばばんと両側に開く。

「お帰りなさいませ、御主人様――――っっ!!」

ついで、庭園一帯に響き渡る明るい声に出迎えられ、私は思わず動きを止めた。

私を支えるリオハルト様は、無反応。その背後では、クラウスが額を押さえている。

声の主は、蜂蜜色の髪を一つにまとめ、モスリンをかぶった侍女だった。歳は私よりもいくつか年上なのだろう、はっきりとした顔立ちに人懐っこさが表れている。彼女は満面の笑みで両腕をぶんぶんと振った。

「マリー、失礼はやめなさいと言っただろう」

「リオハルト様には言われてないもの」

クラウスの苦言をマリーと呼ばれた侍女はあっさり受け流し、すぐに私の前まで駆けよった。どぎまぎとする私の内心とは反対に、マリーは表情を引きしめると、優雅に頭をさげた。

「先触れにてご連絡をたまわりました。ご滞在の準備はできております」

「ご苦労。スカーレット、彼女はマリーだ」

リオハルト様は頷き、私にマリーを紹介した。

「あ、あの、スカーレットと申します」

「お待ち申しあげておりました、伴侶様。どうぞごゆっくりとおくつろぎくださいませ。心を尽くさせていただきます」

「頼む」

「お任せください。では、リオハルト様――」

先に立って歩きだしたマリーは、玄関ホールを通り、広い廊下に出たところで、にっこりと笑って一つの部屋を示した。ドアの前には、紙の束を抱えた年配の侍女が立っている。ふくよかな体格の彼女はマリーに似た髪色と目をしていた。

「伴侶様。あちらは母のパメラです」

「よろしくお願いいたします」

たしかに親子なのだと思う。並ぶと笑顔がそっくりだ。パメラとマリー、双方の笑顔がリオハルト様を向いた。パメラは手にした紙の束をリオハルト様にさしだす。

「こちらが、王宮より早馬で送られた書類でございます」

「……ああ。スカーレット、何かあればマリーに言え」

一瞬の間ののち、リオハルト様は頷くと、書類を受けとって部屋に入った。クラウスも部屋に入り、ドアが閉まる。

「お部屋へご案内いたします」

残された私は、今度はマリーに手を引かれ、屋敷の中を奥へ進んでいく。

「伴侶様のお噂を聞くやいなや、陛下は政務を途中でおっぽりだし……いえ、ほかの何を置いても確かめねばならぬと、ご出立になったのです。ですから戻られたらすぐにとりかかれるよう、書類をこちらにまわしておいたのでございます」

あっというまの別れに呆然としていたら、マリーはそう説明してくれた。

外から見たとおり、屋敷は広かった。高い天井も大きくとられたアーチ窓も、アルメリクの王宮のようだ。厳かな大廊下を、マリーは私を気遣いゆっくりと進む。

「まずは湯浴みをいたしましょう。それからお食事。食後のご希望はございますか？　図書室もありますし、楽器や遊具も揃っておりますよ」

「いえ――」

小さく返事をし、私は困ってしまった。こうしてかしずかれることには慣れていない。マリーは指示を待っているのだ。それはわかるけれども、人に命じる立場になったこともないし、したいこともない。貴族らしくふるまうことすらできないのだと思い知らされる。

けれど、俯く私をマリーは咎めなかった。

「では、私めにお任せということですね！　腕が鳴ります！」

顔を輝かせて私を部屋へ連れていくと、あちらはクローゼット、こちらは化粧室とあれこれ説明をしてくれる。領地の城館ということもあり、私がエインズ家で与えられていた部屋の何倍もあった。調度はどれも古風なものだが、美しく磨かれていて、塵《ちり》ひとつ落ちていない。

部屋には湯殿も据えつけられていて、マリーはほかの侍女に命じてすぐに湯の支度をさせた。

「すごい……」

思わず感嘆の声を漏らすと、マリーは嬉しそうにほほえむ。

「リオハルト様のご実家のようなものですから。ここでお生まれになったのですよ」

「そうなのですか」

「はい。ここルーゼン領は、王家直轄地であり、ルーゼン王家発祥の地でもあります。ルーゼンフェルドはもともとルーゼン家とフェルド家という二つの領主が同盟を組んでできた国で、以来ルーゼン王家とフェルド公爵家が――」

言いながら、マリーは手早く私のドレスを脱がせてゆく。リオハルト様の信頼が厚いと見えたのは、この有能さも理由なのだろう。

「ふふっ、伴侶様のお好きな話題を一つ見つけました。歴史がお好きですか？　それとも地理？」

「あ、あの、両方です」

悪戯っぽい笑顔と突然の質問にあたふたとしながら私は答えた。マリーの話に聞き入っていたのを見抜かれたようだ。

家を出ようとしていた私にとって、アルメリクや周辺国の地理を覚えておくことは必須だった。それ以上に、どこの領地に何があり、どんな道を通ればいいのか、冬には景色が変わり、夏にはどんな動物たちが姿を見せるのか——そういったことを知るのは楽しかった。

(家から出られない私に、カールが教えてくれたの)

道すがらリオハルト様に聞いたところでは、ルーゼンフェルドの関わる商会や工房は、エインズ家との取引を中止するという。ならばこれ以上カールが危険に晒されることはないのだと私は安堵した。

メイナード公爵家は財産没収のうえ、公爵位の返上となったそうだ。実質的な取り潰しだ。メイナード自身への判決はまだ下っていないが、人身売買に判事の買収、税のごまかしも露見した。最後に、私……ルーゼンフェルド国王が運命の伴侶と宣言した相手を手籠《てご》めにしようとしたのだ。極刑は免れないだろうというのがクラウスからの報告で、

「アルメリク国王も、機会があれば排除してしまいたかったのだろうさ」

そう言って、リオハルト様は皮肉げな笑いを見せた。

フェリクス殿下とメリッサは王家の身柄あずかりとなったが、メリッサは自分の罪を認めていな

いという。「メイナード公爵に脅されて仕方なく姉を呼びだした」と主張しているそうだ。

私を虐げてきた人々の話を聞いても、心は何も感じなかった。今となってはすべてが遠いことのように現実感を失ってしまった。

そんな私を、リオハルト様は黙って抱きよせてくれた。

「伴侶様、――伴侶様？」

呼ばれてはっと我に返る。マリーは私よりも少し高い背を屈めて視線をあわせ、ほほえんでいた。

「ごめんなさい。……呼ばれ慣れていなくて、つい」

自分がリオハルト様の伴侶だなんて、いまだに信じられないのだ。

「あの、スカーレットと、呼んでいただくことはできませんか」

声が震えそうになるのを堪えながら、私は尋ねた。

貴族にとって、敬称は重大な意味を持つ。ましてやマリーは私をリオハルト様の運命の伴侶と認めているのだ。それを否定するなど、叱られてもおかしくない狼藉《ろうぜき》なのだけれど。

「わかりました、スカーレット様」

おそるおそる顔をあげた私に、マリーは胸に手を当ててほほえむ。

「私はスカーレット様の侍女ですから、なんでも言ってください。スカーレット様のお気持ちを第一に考えろというのが陛下からのご命令ですから」

そう言って、何事もなかったかのように私にローブを着せて、下着まで脱がせてしまう。

「こちらへどうぞ。旅の疲れを癒やしてくださいね！」

「……ありがとうございます」

いつのまにかパメラもやってきて、ほかの侍女たちはいなくなっていた。

「必要以上に伴侶様の……いえ、スカーレット様の肌を見せるなって、リオハルト様のお達しなんです」

「リオハルト様が……」

「体を洗いながら、先ほどの話の続きをしましょう。スカーレット様にはルーゼンフェルドを好きになっていただかねば！」

反応に困る私の手を引き、マリーはさっさと浴室へ入った。

浴室でも、私は戸惑う暇を与えられなかった。あっというまにローブを脱がされて、肌を晒す恥ずかしさを感じる前に乳白色の湯に飛び込まなければならなかった。

「マ、マリー！」

「大丈夫です！　今は目を閉じていました！」

マリーはおどけた表情で答える。私は赤くなった顔を湯につけた。少しぬるめのお湯は疲れた体にやさしくて、心までほどけていく。

(そういえば、温かい湯につかるなんて何年ぶりかしら)

使用人には許されない待遇は、もちろん私にも許されていなかった。冬には凍りつくほどに冷たい井戸の水を使わねばならず、濡らした布で肌を拭うのがせいいっぱい。だから私の手足はあかぎれだらけだ。

うっとりと目を閉じて溶けそうになっている私の横で、水音がした。見ると、マリーが手で石鹸を泡立てている。薔薇の香油入りだという石鹸は艶やかな香りで浴室を満たし、ますます気持ちを盛りあげてくれるけれども。

「いえ、さすがにそこまでは！　自分でしますから！」

「私はマッサージも得意なんですよ。私が洗うようにとリオハルト様からのご命令です」

「……嘘ですよね？」

「本当です。リオハルト様に確認いただいてもかまいません。スカーレット様が私以上の手技をお持ちだというのであれば身を引きますが……」

「……」

結局私は、ルーゼンフェルドの地理を語るマリーの手によって、爪の先から髪の先まで洗われてしまった。やさしく触れるマリーの手は、痛んだ肌にもたしかに気持ちがよかった。

シンプルで動きやすい、だが一目で最高級の仕立てだとわかるレース飾りのドレスを着せられ、私は夕食の席についた。

食堂へ現れた私を見て、リオハルト様は軽く瞠目《どうもく》したようだった。けれども、どこか変なのだろうかと不安に思う前に、その表情は満足げなものになり、小さな笑みが唇の端に浮かぶ。

「ここでの暮らしは気に入ってもらえそうだな」

思わぬ言葉に私は目を見開いた。

「ずっと張りつめた顔をしていたのが、ようやく和《やわ》らいできた。先ほども言ったが、しばらくここで休め。ここには信頼のおける者しかいない」

その言葉を裏づけるように、リオハルト様の背後ではマリーが胸に手を当てている。

じんわりと目頭が熱くなった。

「あ、あの……」

「なんだ？」

「ありがとうございます」

リオハルト様を見つめる目から涙があふれてくる。リオハルト様が私のためにこの屋敷を、マリーやパメラといった侍女たちを、選んでくださったのがわかったから。

彼女ほどの侍女ならきっと完璧にふるまうこともできるだろうに、マリーはおちゃらけた図々しいともいえる態度を変えなかった。今も慌てた顔で駆けより、ハンカチをさしだしてくれる。

（どうしよう、涙が止まらない）

これは安堵の涙だった。リオハルト様の言うとおり、私は気を張りつめさせて生きてきたのだと思う。自分でもわからなくなってしまったくらいに長いあいだ、ずっと。

「ごめん、なさい……」

泣き続ける私をリオハルト様は無言で見つめているようだったが、椅子の動く音がした。隣に付き添ってくれていたマリーが退く。と思った途端、私の体は宙に浮いていた。

「……リオハルト様⁉」

涙で滲む視界に映るリオハルト様は、眉を寄せ、耐えるような顔をしていた。

切ない視線に、どきんと心臓が跳ねる。

「食事をスカーレットの部屋へ運べ」

「えっ！」

慌てる私をおいて、パメラやマリーは手つかずの料理を盆にのせていく。

与えられた部屋に逆戻りする頃には、私の涙はすっかり止まっていた。

もう大丈夫ですと訴えてもリオハルト様は許してくれず、私はまた手ずから食事を与えられることになった。

ワンセットしかないカトラリーは私の手の届かないところに置かれ、リオハルト様はマリーの切り分けた料理をまず私の口元に持ってきてくださるので、私が食べなければリオハルト様も食べられないままだ。だから、仕方なく……クラウス、パメラ、マリーに見守られながら、黙々と私は食べた。

恥ずかしさで居心地が悪いはずなのに、料理の味はちゃんとわかった。塩とハーブでさっぱりと味を調えられた白身魚が口の中でほろほろとほどけていく。スープは具が柔らかくなるまで煮込まれ、パンにはバターとミルクがたっぷり使ってある。高級さよりも、私の体に配慮してくれたのだろうことが感じられる食事だった。

「あの……おいしかった、です。ありがとうございます」

食べ終わり、感謝の気持ちは伝えなければとリオハルト様に告げる。リオハルト様はにやりと笑って私の頭を撫でた。

「また食べさせてやる」

「いえっ、もう結構です！」

「コックにも伝えておきますね。スカーレット様においしいと言っていただけて、踊っちゃうくらいよろこびますよ」

マリーもふふっと笑った。

「移動中の食事は、悪くはなかったが胃にやさしいものでもなかったからな」

リオハルト様が呟く。最低限の護衛だけを連れた旅路は、ルーゼンフェルド国王の移動としては小規模で質素なものだった。とはいえ身分を聞けば、宿屋や料亭の主人たちは最高級の食事でもてなそうとする。肉や、酒にあうように塩気の多いものが中心だった。

私があまり食べられなかったのを気にしてくださっていたのだ。

（大切にしていただいている）

リオハルト様が私のための居場所を作ろうとしているのがわかる。

(なのに、私は――)

リオハルト様が私の左手をとろうとした。びくりと肩を跳ねさせ、私は思わず手を引いてしまう。

「あ、あの、申し訳ありません……」

このところ、小指の赤い糸は、目を凝らさなくても視線を向けるだけで現れるようになっていた。それがどういう意味なのかはわからない。ただ私にとっては、見たくもないものが増えたということ。

どれほど大切にされようが、赤い糸は途切れたままだ。

リオハルト様と私は〝運命の伴侶〟などではないと言いたげに。

「いい」

リオハルト様は、今度は私の右手をとった。

手首は細く、肌はすでに湯浴みの潤いを失いつつある。九年も屋敷に閉じ込められていたうえに、最後の一か月はろくに食事もとれなかった。皹《ひび》割れて、美しいレースをまとっていることすら痛々しく見える手。

リオハルト様は顔をあげた。

「スカーレットを太らせるのがお前たちの仕事だぞ」

「はい、お任せください」

パメラとマリーが胸に手を当てて頭をさげる。

（ふ、太らせるって、その言い方は……！）

とは口に出せない私がじっとしていると、リオハルト様と目があう。髪を撫でられ、まだ反応を決めきれない私は首をすくめた。

「今のままでは、思う存分抱きしめることもできない」

「……」

だから、こうして膝の上にのせられているのか。

（もしかして、太ったら、もっとスキンシップが激しくなるのでは？）

よぎった予感はたぶん当たっている。

「あの、リオハルト様、そろそろ……」

未来を想像してそわそわとしてしまった私は、リオハルト様から離れようとそっと腰を抱いていた腕に触れる。食事も終わったし、おろしてほしい。そんな内心にリオハルト様は、

「ああ、そうか」

と頷き、背後に控えるクラウスたちを振り返った。

「お前たちはもうさがれ。俺はもう少しここにいる」

（え⁉　ち、ちが……）

人払いじゃない、と声をあげかけたが、パメラとマリーは食器を持ってそそくさと部屋を出てし

まった。絶対にわかってやっている。残ったクラウスも、なんともいえない表情でリオハルト様を見つめるものの、

「陛下、一時間です。きっかり一時間後にお迎えにまいります」

「わかっている」

「陛下がようやくお戻りになられたというので、宰相閣下から次々と決裁書が届いております」

「お小言といっしょに、な」

「では、失礼いたします」

灰色の頭をさげ、クラウスまで行ってしまった。室内にはリオハルト様と私の二人だけだ。

リオハルト様は私を抱えたまま立ちあがると、そっとベッドにおろした。アルメリクの王宮でリオハルト様のために用意されていたのと同じくらい広いベッドは、二人分の場所をとってもまだ余裕がある。なのにリオハルト様は私を抱き込んだ。

美しい金髪が肩に流れて私の鼻先をくすぐる。

「リ、リオハルト様……」

「何もせぬ。スカーレットが眠るまでこうしているだけだ」

そうは言っても、眠れる気がしない。

リオハルト様は私の赤毛を手指で弄《もてあそ》んでいる。

「同じ部屋にしろと言ったら、絶対に駄目だと言われた。子犬をもらってきたら、慣れるまではあ

まりかまわないのがいいのだと」

「……誰が言ったのですか？」

「マリーだ」

思ったとおりの名前に私は目を細めた。私を子犬にたとえてふざけているようで、真剣にリオハルト様に意見してくれたに違いない。

「マリーのお父様も、この屋敷にいるのですか？」

「ん？」

パメラはマリーの母だと言った。母子で侍女をしているなら、父もルーゼン領にいるのだろうかと思ったのだが、リオハルト様は首をかしげた。

「マリーの父親はクラウスだぞ」

「そう……なのですか？」

正面玄関で会ったときのマリーがクラウスに気安い態度だったのを思いだす。あれは、親子だからだったのだ。

私はクラウスとパメラが並んでいるところを思いだした。紳士然としたクラウスと、おっとりとして笑顔を絶やさないパメラ。……その娘が、マリーなのか。

「それにしてはやかましすぎると思っただろう」

「いえ、そんなことは！」

慌てて否定したけれども、リオハルト様は面白そうに笑っている。

(マリーは子どもの頃からリオハルト様を知っているのね)

彼女はリオハルト様を恐れてはいないし、必要以上に恐縮もしない。それはクラウスやパメラもそうだ。主人として、リオハルト様に信頼を置き、真摯に仕えている。

対する私は、今でも少し、リオハルト様が怖い。

――お前は俺のものだ、スカーレット。

あのときの視線も声も、真摯なものだった。リオハルト様が嘘をついているとは思わない。

それでも、今ゆったりと背中を撫でてくれる手も、疲れているだろうといたわってくれる気持ちも、永遠に続くのだとは信じられない。

「……」

眠れる気がしないと思ったのに、まぶたが重くなってきた。考えることを拒否したがる頭は徐々に睡魔に浸されていく。ふわふわと意識が軽くなる。雲の上に横たわっているようだ。それとも、まだお母様が健在だった頃、王都の祭りで食べた綿菓子か。

温かくて、やわらかいものに包まれている。

(いつか、リオハルト様を信じられたらいいのに――……)

心を封じ込める枷《かせ》が解けていくことを、私は願った。

◆

眠りについたスカーレットの、頬にかかった赤毛をよけてやりながら、リオハルトはじっと寝顔を見つめた。

アルメリクからルーゼンフェルドまでの馬車内で、スカーレットはよくうたた寝をしていた。馬車での移動すら今の彼女には荷が重いのだと思えば、彼女を虐げていた家の者たちへの怒りは鮮やかによみがえった。

それでも日を経るにつれ、何かに怯えるようだったスカーレットの寝顔は安らかなものになった。そんな変化をよろこぶ自分がいるというのも、リオハルトには驚きだった。

左手に視線を向け、リオハルトは途切れた赤い糸に目を細める。この糸が途切れていたからこそ、スカーレットに出会うことができた。

（ようやく見つけた）

晩餐会のあの夜。

皮肉じみて真っ赤なドレスと華美な装飾に飾り立てられ、怯えた目をしたスカーレット。夕日色の瞳と視線が交わった瞬間、リオハルトの胸はざわめいた。

その左手の小指に自分と同じ途切れた赤い糸を認めて、唇は自然と〝伴侶〟という言葉を紡いでいた。

リオハルトにとってこの途切れた糸は、ほかの伴侶たちと同じく二人を結ぶ赤い糸だ。

——だが、スカーレットにとってはそうではない。

リオハルトが左手に触れるたび、スカーレットは身をすくめる。自分の小指を見つめては沈んだ表情になる。

『赤い糸で結ばれていれば幸せだと誰もが信じています。でも私にはそれが信じられません』

スカーレットの言葉がよみがえり、リオハルトは眉を寄せた。

その疑念はリオハルトの記憶にも刻まれている。盲目的に赤い糸を信奉する者たちを、リオハルトは軽蔑しながら生きてきた。

だが、今は。

(どうすれば俺を信じる?)

口には出せない疑問を心の中で呟くと、穏やかな寝息を立てるスカーレットの額にキスを落とし、リオハルトは部屋を出た。

◆◇◆

夢の中で、私は笑っていた。

笑って、リオハルト様を呼んでいる。陛下とは言わずに、名前だけを呼ぶ。肩ほどの金髪をなびかせて、少年は中庭を駆けてきた。手には色とりどりの花を掲げながら、その視線にはどこかさぐるような鋭さがある。

彼の瞳に宿る疑念には気づかないふりをして、私はお礼を言った。受けとった花をテーブルの上の花瓶に活ける。少年の指に赤い痕を見つけて、私はその手をとった。庭園で花を手折る際に棘《とげ》で傷つけたのだ。私が手をかざし祈ると、傷はうっすらとした色になり、やがて消えた。

白いテーブルにはほかにも、湯気を立てる紅茶や砂糖をまぶしたパン、胡桃《くるみ》入りのタルトなどが並べられている。

私の小指にはちゃんと赤い糸があって、それは少年の小指の赤い糸とつながっている。

伴侶となり夫となる予定の少年を見つめ、私は穏やかにほほえみ、この時がずっと続けばいいのにと願った。

願いに応えるように、風がそよぐ。テーブルに飾った花びらが揺れる——。


そっと開いた目に映るのは、白い朝の光だった。それから、見たこともないほど豪華で広い天井。

まだ夢の中なのかと目を閉じかけて、それが現実であることに気づく。

思いだせないけれど、夢を見た。

（リオハルト様のことだったような――）

左手をかざし、糸が途切れているのを確認して、思わず眉を寄せたそのとき。

広げた手の向こうにひょいと顔を覗かせたリオハルト様を見て、私は悲鳴をあげてベッドをずりあがった。

「リ、リオハルト様⁉」

「なんだ」

「どうしてここに⁉」

「スカーレットの顔を見に」

「そうではなくて……」

抗議の言葉は途中で消えた。ここがリオハルト様の直轄領ルーゼンの屋敷である以上、リオハルト様に逆らえる者などいない――と、思ったら、

「朝のご挨拶はスカーレット様の身支度がすんでからということにいたしましょうか」

いつのまにかベッドわきに控えていたマリーが、シャッとカーテンを引いた。リオハルト様のお姿はその後ろに隠れてしまう。

見上げれば、私の自室のうち、ベッドのある部分とソファのある部分を区切るようにポールが渡され、カーテンが吊るされている。

（こんなもの、あったかしら……？）

「こんなこともあろうかと、昨夜のうちに取りつけをいたしました」

内心の疑問を読んだかのようにマリーが答える。

（大丈夫なのかしら）

「大丈夫ですよ。スカーレット様のお気持ちを第一に考えろというのが陛下からのご命令ですから」

やっぱり内心を読んだらしいマリーが、力強く頷いた。


身支度をすませた私は、リオハルト様と朝食をとった。給仕をしてくれるのはマリーとパメラだ。当然のように膝にのせられて口元まで食べものを運んでもらうのはどうかと思うのだけれど、用意された料理はどれもおいしかった。

食後のお茶を飲みながら、リオハルト様は小さく息をつく。

「……明日には、俺は王都へ戻らなければならない。スカーレットはまだここにいろ」

「はい」と頷く私を見つめつつ、形のよい眉がぐっと寄る。

なんだかどす黒い空気がただよっているような気がする。

「本当なら、スカーレットと離れたくはない。まったく、なんのために体制を整えたのか……」

渋面を作るリオハルト様に私は顔を赤らめた。そんなことを言われても、どう答えてよいのかわからない。

けれど、私が悩んでいるうちに、リオハルト様は表情を戻した。

「そこで、だ。今日は町に出ないか？　ちょうど市も開かれている」

（ルーゼン領の市……たしか、カールも言っていたわ）

トマス商会は周辺国で仕入れたものをルーゼンフェルドの王都にある本店へ集め、そこからアルメリクの王都にも足をのばす。その合間にある都市にも立ちよるのだ。

十歳からのほとんどをエインズ邸ですごした私にとって、多くの人々が行き交う町は自由の象徴であり、憧れだった。アルメリクでは叶うことがなかった憧れ。

「はい、行きたいです……！」

「マリー、スカーレットの支度を頼む」

私の答えに、リオハルト様は満足げに頷いた。

（あ……）

やさしい眼差しとゆるんだ口元に、視線が惹きよせられる。

リオハルト様も、アルメリクでは緊張を強いられていたのだ、という当然のことに、私はようやく思い至った。クラウス以外にほとんど供もつれず、リオハルト様はアルメリク王国にきた。そして私を救いだしてくださった。

「あの……ありがとうございます」

「礼を言われるようなことではない」

頭をさげる私に、リオハルト様はそっけなくも聞こえるお返事だったけれども。

それが外出に対するお礼だけでないことは、リオハルト様にもわかっていらっしゃったのだと思う。

◆

昼すぎ、服装を地味なものにして、私たちは町へ出た。

私たちというのは、リオハルト様と私、マリー、パメラだ。クラウスは屋敷に残って、王都から届くであろう書類の受けとりをするそうだ。「町の大掃除はパメラがすませておりますから、私がおらずとも問題ないでしょう」とも言っていた。

城下町については、支度の時間にマリーが教えてくれた。

「このルル＝ヴァリアは——あ、ルル＝ヴァリアっていうのは、都市の名前です！　ルーゼン領の主都がこの城館のあるルル＝ヴァリアで、そうそう、王都の城もヴァリア城っていうんですよ！ヴァリアはルーゼンフェルドに繁栄をもたらした女神の名で、王都の中央神殿には女神像が祀《まつ》られていてですね、その女神像の瞳は——」

「話が逸れていますよ、マリー」

「そうでした！　ルル＝ヴァリアの城下町はルーゼンフェルドの中でも栄えています。おいしいものも、きれいなものも、たくさんありますよ。市も毎週開かれますしね」

私を着替えさせながら、私以上にわくわくとしているマリーについ笑ってしまうと、マリーは驚いた顔で私を見つめた。……かと思えば、両腕を宙へ振りあげ、

「スカーレット様が、笑ってくださった！」

そう叫んだ。

そんなことを思いだしながら、隣のリオハルト様を見上げる。リオハルト様は装飾のないシャツにベストとジャケットというでたちで、私も無地の、裾の広がらないドレスを着ている。マリーとパメラはお仕着せではなくワンピースにエプロン姿。国王であることがわからないように、用心のためだが、

（リオハルト様を目立たせるなというのは、無理じゃないかしら……）

装飾を取り払った分、リオハルト様本人の美しさが際立ってしまっている。束ねられた金髪はもの憂げに肩をすべり、落ちかかる前髪と同じ金の睫毛も、その奥の琥珀色の瞳も、人目を惹くには十分だと思う。

見惚れていたら、リオハルト様が私を振り向いた。

「どうした？」

「っ、いえ」

慌てて顔を逸らし、私は首を振った。リオハルト様は首をかしげたけれども、気をとりなおした

ように尋ねる。

「何か欲しいものがあれば言ってくれ。どこへ行きたい？」

「えっと……私は、なんでも……」

大通りを見まわし、私は眉をさげた。

馬車が三台は通れそうなほど広い大通りには、様々な商店が軒を連ね、週末市の賑わいを逃すまじと店員たちが客を呼び込んでいる。大通りに交差する通りにも露店が立ち並び、のぼりが掲げられていた。

羽飾りのついた帽子をかぶった紳士がコートの陳列された店先を眺め、何事か店員に話しかける。その横を子どもたちが駆け抜けていく。銅貨を握りしめて目指すのは、路地の屋台だ。

(私は、何が欲しいんだろう)

この景色を見ているだけで、私には十分に贅沢な時間だ。けれどもそれではせっかく連れてきてくださったリオハルト様のお心には添えないこともわかる。

『私は一人で生きていきたいのです』

リオハルト様に、私はそう訴えた。

でもあのときの私はただ赤い糸から逃げたかっただけだ。考えていたつもりで、実際の暮らしを何も知らなかった。

活気と笑顔にあふれる大通りで、私はそこにいる自分を場違いだと感じている。

「スカーレット様！　市は、通りごとに商品が決まっているんですよ。たとえば一番通りは青果・薬草《ハーブ》・香辛料《スパイス》、二番通りは家畜・食肉、三番通りは布・織物、四番通りは靴・装飾品、五番通りは酒・煙草――」

言葉に詰まった私に説明をしながら、マリーはきらきらと目を輝かせた。

「それから、広場はサーカスと屋台です！　広場にしますか？」

意を尋ねているようでいて、マリーの手はすでに私の手をとり、足は駆け足に広場へと向かい始めている。

私はほっと息をついてマリーに従った。

「そうですね、広場に行きたいです」

「走らず歩いていきなさい！　転んだら危ないわよ」

子どもを叱るようなパメラの声が、背中に飛んできた。

◆

遠ざかるスカーレットとマリーの背中を目で追い、腕組みをしたリオハルトは、むっつりと唇を引き結んだ。

「どうも、俺ではマリーに勝てないな」

「まあ、あの子はそこがよいところですから」

リオハルトの一歩後ろに控えたパメラが親バカを隠さず頷く。

問いをしくじったとリオハルトが気づいたのは、スカーレットが困った顔になったときだ。欲しいものも、行きたい場所も、咄嗟には出てこない。そんな自分に引け目を感じている表情だった。

マリーには笑えるスカーレットがリオハルトの前で委縮《いしゅく》してしまうのは、実家で使用人扱いを受けていたという生い立ちのせいもある。貴族の一員であるにもかかわらず、スカーレットにとって貴族は恐怖の対象なのだ——王族は、それ以上に。

ただそれだけでなく、純粋に自分が怖がられていることもリオハルトは自覚している。

幼い頃からいつ寝首をかかれてもおかしくない状況で生きてきたリオハルトは、自分の感情を出すことに長けているとはいえない。むしろ、感情を読ませぬ顔で、有無を言わさぬ声色で、国政を進めてきた。

アルメリク王国でスカーレットの置かれていた境遇は想像以上に酷いもので、守るためには手元に置かなければとリオハルトは周囲を威圧し続けたし、手に入れば自分でも驚くほどに甘い言葉をかけた。どちらの態度も、スカーレットを困惑させただろう。

リオハルトの視線の先では、うちとけた様子のスカーレットとマリーが屋台でクレープを買っている。店主からクレープを受けとり自分にさしだすマリーに、スカーレットは笑顔を見せた。

その笑顔を自分にも向けてくれ、とねだりたくなる。

はじめは、伴侶だから大切に扱いたいのだと思った。だが渦まく感情はそんな清廉なものではなく。

スカーレットといると、これまでに知らなかった欲望が湧きあがってくる。一人で生きたいのだと言うスカーレットを腕の中に閉じ込めて、甘やかして、自分なしではいられないようにしてやりたいと思う。

この気持ちがなんなのか、リオハルトはまだはっきりとした言葉を与えられないでいる。

「大掃除は終わったんだな？」

尋ねれば、パメラは胸に手を当てた。

「はい。陛下のお命を狙う者、スカーレット様の偵察者、ルーゼン領に混乱をもたらそうとする者、不届き者はすべて始末いたしましてございます。またすぐに湧いてはくるでしょうが、しばらくは安全かと」

「ならいい」

まずは、スカーレットの身の安全を図るのが第一だ。ご褒美の笑顔はそのあとでいい。

今さら性急さは求めない。スカーレットが自分の心を囚《とら》えてしまったように、自分もスカーレットの心に入り込んでみせる。

そんな決意を胸に、初めてのクレープをぎこちなく頬張るスカーレットに歩みよろうとしたリオハルトの前を、一つの影が走り抜けた。

「スカーレット様！」

自分が呼ぼうとしていた名を呼び、影はスカーレットに駆けよる。

「カール！　カールじゃないの！」

顔をあげたスカーレットの表情がこれまでで一番輝くのを、リオハルトは見た。

「……誰だ、あれは」

「……さあ……」

眉を寄せるリオハルトを、パメラがいたわしいものを見る目で眺めていた。


「トマス商会で働いているカールと申します」と少年は自己紹介し、疑ぐり深い視線でまじまじとリオハルトを見上げた。栗鼠《りす》のような瞳の中に、自分と同様スカーレットの敵を排除しようとする警戒を察知して、リオハルトは片眉をあげる。

クラウスにスカーレットの周辺を調べさせたとき、トマス商会に個人的な伝手《つて》があるといった情報はなかった。しかしスカーレットをおびきだそうと、メリッサはトマス商会から少年が、と言ったらしい。

スカーレットが周囲に隠しながらも、ひそかに頼りにしていたのがこの少年なのだ。その信頼を表すように、スカーレットと少年は互いに気安い態度をとっている。

「スカーレット様、この人、本当にいい人ですか？」

「しっ、カール、滅多なことを言わないでちょうだい……！　私が身を寄せさせてもらっている商家の息子さんよ」

青ざめたスカーレットがカールをたしなめる。

一応声をひそめているつもりなのだろうが丸聞こえだ。お忍びで町に出ると聞いたマリーが嬉々として作りあげた役どころを、スカーレットは素直に口にする。そのくらい素直に、自分がリオハルトの伴侶であることも認めてほしいものだと思う。

そしてまた素直にスカーレットの言葉を信じたカールは、ますます訝しげな目つきになった。

「どこの商家ですか？　おれが顔を知らないってことはモグリかもしれません。まさかケイマンズのところじゃないでしょうね？」

「違うわ。その……」

言葉を濁すスカーレットの背後で、マリーもどう誤魔化したものかと悩んでいる。

「おい」

無礼な視線を投げるカールを睨み返し、リオハルトはスカーレットを抱きよせた。

「スカーレットの事情は知っている。お前が案じることはない。今後は俺がスカーレットを守る」

スカーレットはぽかんとリオハルトを見上げた。視線を移したリオハルトと目があっても、表情には驚きを浮かべたまま。

「なんだ」

「あ、いえ……」

「……俺だって、いつでも牙を剝いているわけではないぞ」

リオハルトが身分を明かせば、カールなど不敬として斬り捨てられてもおかしくない。だからスカーレットはカールの不遜な態度に青ざめた。

だが、今のはカールを認めた言葉だった。スカーレットがアルメリク王国エインズ伯爵家の娘であること、〝糸切れ〟と呼ばれ蔑まれていたこと、家を出るためにカールが協力していたこと――そういった事情を、自分も知っていると、リオハルトは告げたのだ。そのうえで、カールが心配する必要はないと諭した。

残念ながらそのことは、まだ納得がいかないと言いたげに唇を尖らせるカールには伝わっていない。リオハルトが国王であるとは知らないのだから当然だ。

「あのね、カール……」

リオハルトの腕の中から、スカーレットが声をかけようとしたときだった。

「こらあっ、カール！　お前、よその旦那様に何してんだ！」

恰幅《かっぷく》のよい男が駆けよってきて、リオハルトとカールのあいだに割って入った。肉づきのよい頰がまぶたを押しあげて、どこか眠たげな、もしくは愛想を浮かべているような表情になる男だった。おそらくトマス商会でそれなりの地位を持っているのだろう男は、騒ぎの起きる前に謝ってしまったほうが得策だと判断したようで、如才《じょさい》ない笑顔でリオハルトを見上げた。

「すみません、うちのが粗相をいたしましたでしょうか――」

その笑顔が凍りつく。「ふぐっ」とくぐもった声と鼻息が漏れた。

リオハルトもその顔に見覚えがあった。トマス商会の七つの商隊のうちの一つを率いる幹部で、たしか名はゼイムといった。国王として会ったことはないが、諸国を旅しルーゼン領から王都へ戻る彼らは当然マリーたちのいる城館へ顔を出す。そこで、ルーゼン領主としてなら何度か見かけたことがある。

もちろん、ゼイムのほうも、リオハルトがルーゼン領主であり、ということは国王であることを、承知している。

丸く収めようと浮かべていた笑みをひきつったものに変え、ゼイムはその場に這いつくばった。

「ばっ、馬鹿野郎！　お前、なんてお方を相手に……！　早くひざまずけ、首が飛ぶぞ！」

「やめろ、ここでは目立つ」

「はいっ！　やめろカール、ひざまずくな！」

仕事のできる商隊長は、人目を集めたくないというリオハルトの意図を正確に理解し、顔をしかめていたカールの後頭部をはたいた。

「してませんけど」

「とにかく謝れ！　お得意様だ！」

「……」

ゼイムの必死の形相をよそに、媚びもへつらいもないまっすぐな目でカールはリオハルトを見つめた。リオハルトも正面からカールの視線を受けとめる。

「スカーレット様を幸せにできますか？」

さもなくば許さないと、恋心を隠さない瞳は告げる。

（ああ――そうか）

リオハルトは笑った。

スカーレットに出会って感じたものの正体が、ようやく理解できた。幸福とは言い難い人生を送ってきたリオハルトには、すぐには理解できなかった。

「俺のすべてを賭けて、スカーレットを幸せにする」

あいだに挟まれて、スカーレットは頬を染めた。

カールの変わらぬ不遜な態度にゼイムは泡を吹きそうになっていたけれども。

領主の館で顔見知りのマリーとパメラがぱちぱちと拍手をしていたので、なんとか顔色は戻ったようだった。

第四章　琥珀色の瞳

名残を惜しむキスを何度も額に落として、リオハルト様は馬へ跨った。

「ここから王都は馬で半日だ。またすぐに会いにくる」

リオハルト様のあとから護衛の騎士たちも馬上へ移る。クラウスも特別に騎乗を許されているそうで、乗馬用の装いで最後尾についていた。

「は、はい、どうか、お気をつけて」

どうしても恥ずかしさに俯いてしまう私の背後で、マリーとパメラも深々と頭をさげている。

少し悩んでから、私は顔をあげ、リオハルト様と視線をあわせた。

「あの……お帰りを、待っています」

昨日の楽しい一日は、リオハルト様からいただいたものだ。リオハルト様は、私のことを大切にしてくださっている。カールとのやりとりでもそれは感じられた。だから、私も何か言わなければ
——と思ったのだが。

馬上のリオハルト様は目を見開いて私を見つめていた。

「リオハルト様？」

「――お前たち、そのまま待機していろ」

どうしたのかと尋ねる前に、ひらりと馬からおりてしまう。

国王を見下ろすことになった騎士たちは困惑の表情を浮かべた。本来ならこれは不敬にあたることだ。クラウスも困り果てた顔をして、面を伏せた。

慌てる私を、リオハルト様のたくましい腕が抱きしめる。

「そんな可愛らしいことを言われたら、行きたくなくなるだろう――すぐに、戻る」

「も、申し訳ありません」

困った私は、それしか言うことができなかった。

ふたたび馬に乗り、手をあげて去っていくリオハルト様へ手を振り返す。

笑顔は、作れなかった。お姿が見えなくなって、私は体の力を抜く。たったあれだけの別れの挨拶なのに、私にはうまくできない。リオハルト様に対して少しでも感情を出すことに躊躇《ちゅうちょ》する――

リオハルト様に視線を向けられて嬉しそうに手を振る自分を想像するだけで足がすくむ。

また俯きそうになる私のもとへ、すぐさまマリーが駆けよってくる。

「スカーレット様、少しお散歩でもいかがですか」

「お散歩、ですか」

「はい。今日は天気もよいですし、冬に咲く花もたくさん植えてあるのですよ」

用意よくマリーの手には毛織のショールがある。最初からそう言おうと決めていたみたいに。

「私は花を見ると、気分が明るくなります！」

「そう……そうね」

「大丈夫です、きっと一週間もすればお戻りですよ。それに、このマリーもいますから」

肩をくるんでショールをかけられ、励ますように言われて、私は目を瞬かせた。マリーの言葉ぶりでは、私が寂しがっているみたいだ。

（……そう、なのかしら）

寂しい、のかもしれない。

あの晩餐会の夜からもう一週間になる。寄り添い続けてくださったリオハルト様と離れて、――そうか、私は寂しいのか。

（なんて自分勝手なんだろう）

リオハルト様のやさしさに応えられず、こうして見送りの挨拶も満足にこなせないくせに、離れることを不安がっているなんて。

左手の小指に途切れた赤い糸を見て、私はぎゅっと目を閉じた。

（せめてこの糸が、結ばれていてくれたら――）

ふわりとあたたかなものが左手に触れた。目を開くと、マリーの笑顔が私を見ていた。

「さあ、こちらです」

マリーは私の手をとって案内する。馬車の通る正面の石畳からいくつかの小径《こみち》がのび、幾何学模《きかがくも》様《よう》に整備された花壇や噴水がある。遠目には見ていたけれど、近くへ寄るのは初めて。

「おすすめはこの区画です」

アーチ状の生け垣をくぐった途端、色とりどりの薔薇が私を迎えた。冷たい風に花びらを揺らす姿はなんとも可憐だ。

「きれい……」

「お褒めにあずかり光栄ですわ」

思わずこぼした呟きに、パメラは自慢げに笑う。

「冬に咲く薔薇は長く楽しめるのですよ」

パメラが丹精込めて育てているのだという庭園は美しく、私はうっとりと見入った。

アルメリクの王宮にもこうした庭園はあったのだろうけれども、メイナードの隣で暗い顔をしていた私には楽しむ余裕がなかった。フェリクス殿下からはメリッサに宛てた花が毎日のように届いていたけれども、それらはメリッサの部屋や家族のための居間に飾られ、私は見ることができなかった。

花を見て美しいと思ったことなど何年ぶりだろう。

そばに寄れば芳香が鼻をくすぐる。しっとりときめ細かな花びらは、生命力があふれている。

「気に入りましたか？　いつでも見てまわりましょうね。敷地内には森もあって、リスやウサギがいますよ」

「本当？　行ってみたいわ」

私が声をあげると、マリーはパメラを振り向いた。

「母さん、あ、いいえ、パメラさん」

「ええ、よろしいですよ。ただ、陽が暖かくなってからの午後にいたしましょうか。昨日も市場で歩きどおしでしたもの、お疲れでしょう」

「では、今からはお菓子の時間はいかがですか？」

パメラも頷いてくれる。二人の笑顔に導かれ、私は屋敷へ戻った。

◆

どこかで、悲鳴が聞こえた。激しい葉擦れの音を立てて、悲鳴は私に向かって走ってくる。と、思う間に、茂みからマリーが飛びだしてきた。

「ギャ、ギャ――――――ッッ!!　スカーレット様、逃げてくださいっ!!」

マリーの背後には……人間ならば足をとられる茂みを軽々と飛び越え走ってくる、シカ。頭には枝分かれした角が高々とそびえている。

逃げろと言われても咄嗟に体は動かない。おろおろしているうちに、シカは私に気づいた。そして私の手に握られたキャベツを見るや、標的《ターゲット》を私に変えたようだった。

ぐおん、と細長い顔が迫る。焦った私はキャベツを思いきり投げた。

……マリーに向かって。

「ひどいです、スカーレット様」

数分後、私はすんすんと鼻を鳴らすマリーに恨みごとを言われていた。

「ご、ごめんなさい……キャベツを離さなきゃと思ったのだけれど、真正面に投げてしまって……」

それにしても、庭園にはシカもいるのね……」

「外の森から入ってきてしまうのです。植物を食い荒らすので母さんが追いだしますけどね」

マリーはもうけろっとした顔をして、私に地理を説明してくれた。

私たちが今いるのは、ルーゼン領のルル＝ヴァリアという都市にある、領主の屋敷だ。この屋敷は都市の中心からは外れていて、背後には川と森がある。敷地には柵が巡らされ、門には門番もいるが、動物たちはもぐり込んでしまう。

パメラの管理する庭園は敷地の二分の一ほどで、残りの二分の一はやや鬱蒼《うっそう》とした森だ。リスやウサギはそこに棲みついている。冬の餌はあまりよろしくないのだけれどと言いながら、パメラはキャベツの切れ端を用意してくれた。

「まさか、シカが出るとは……私のキャベツは全部食べられてしまいました」

「私もです」

「スカーレット様」

「あ、私もよ」

私は口元を押さえて言い直した。いつまでも敬語を使うのはよろしくありませんとマリーに言われ、なるべく貴族らしくふるまおうとしている最中だ。

「リオハルト様の伴侶になられるのですから、偉そうにしてていいのですよ」

マリーの言葉に、私は顔をこわばらせた。マリーもはっとした表情になる。

「あ……」

しまった、と思うのに笑顔を作ることもできない。期待に応えられないのが心苦しい。マリーが私を励まそうとして言ってくれたのはわかっている。マリーにとってリオハルト様の伴侶という立場はよいもので、私がよろこぶはずなのだと思って。

メリッサなら、きっと幸せそうな顔で、「そうね」と笑うことができるだろうに。そんなふうにアルメリクでの生活を思いだしてしまって、私は視線を伏せた。

重なった葉は日差しをまっすぐには通さない。動きを止めたマリーのエプロンに緑のまだら模様が落ちている。

「……伴侶と呼ばれるのは、お嫌ですか？」

静かな声が耳に届いた。それは、私が想像していたような落胆の声ではなくて、心底から私のことをいたわってくれているのがわかる、そよ風のような声だった。

「あ、嫌だとは言えないですよね。えーと……その、苦手でしょうか？　プレッシャーになる？」

「マリー、私を怒らないの？」

「怒りませんよ。私はスカーレット様の味方です。スカーレット様には笑っていてほしい。つらい思いは、してほしくないです」

「でも、リオハルト様のお気持ちに背《そむ》くことになるのよ」

マリーにとって、本当の主人はリオハルト様だ。リオハルト様が私を伴侶にしたいと思ってくださっているのに、私はそうは思えない。だとしたらマリーにとって私は、主人の意向に逆らう人間になるのではないだろうか。

「ん？　うーん……スカーレット様、難しいことをお考えなのですね」

「そうかしら……」

マリーは顎に手を当て、首をかしげて考え込んでしまった。そんなに変なことを言ったつもりはない。ただ、マリーにとっては板挟みの状況なのではないかと思う。

「私の今の主人はスカーレット様です。それはリオハルト様がそう決めたのですから、私はスカーレット様の味方ですよ。いつかスカーレット様がリオハルト様を受け入れてくださったら嬉しいなあとは思いますけど。人の心ですもん、どうこうはできないですよ」

「……」

驚いた、というのが正直な気持ちだった。そんなふうに言われるなんて、思ってもみなかった。

マリーを見つめたまま言葉を返さない私に、マリーはにっこりと笑った。

「……母さん！」

「はいはい。仕事中はパメラさんとお呼び」

ガサッと茂みから音がして、パメラが現れる。え、と驚きの声を発する間もなく、

「はい、どうぞ」

パメラが渡してくれたのは、追加のキャベツが入った籠だった。

わけもわからぬままに受けとると、パメラはお辞儀をしてまた茂みの奥へと去っていってしまう。

マリーは籠からキャベツの葉を一枚抜きとって振りあげると、「さあ！」と笑顔を見せた。

「スカーレット様。難しいことは忘れて、まずは太りましょう！」

「太……っ」

そういえばそんなことを、リオハルト様が言っていた。

「私がぴっかぴかのキッラキラに磨きあげてさしあげます。難しいことを考えるのは、そのあとにしませんか」

「それで、いいの？」

途切れたままの赤い糸に不安を感じなくていいのだろうか。

たくさんよくしてもらって、大切にしてもらって、もしかしたらそれでも応えられない、なんてことが許されるのだろうか。

怯えを滲ませる私に、マリーは切ない笑顔になる。

「いいに決まってるじゃないですか。好きでやっていることに見返りなんて求めません」

「……ありがとう」

涙が出てしまいそうになって俯く私に、マリーは握りしめていたキャベツの葉をさしだしてくれた。マリーの手のぬくもりで少しだけしなびてしまったそれを受けとって、

「……今これを食べるわけじゃないわよね？」

はっと気づいて確認したら、マリーはしばらくお腹を抱えて笑っていた。


整備された小径を歩いてゆくと、顔を見せる動物たちは多くなった。もともとの目的だったリスやウサギも寄ってくる。キャベツをちぎって投げてやっていたら、警戒心の少ないらしい彼らは足元にまとわりつくようになった。撫でても嫌がらないし、腹を見せるものまでいる。

こわばっていた頬はゆるんで、私はマリーの言うとおり、不安を忘れることができた。

ふと、樹々の合間に藁《わら》ぶきの屋根を見つけて、私は歩みを止めた。小径は屋根とは反対方向に折れているから、道が続いているわけではないらしい。

「マリー、あれは何かしら」

尋ねると、マリーはウサギを捕まえようとしていた手を止め、顔をあげる。それから、「あ」と言って、目を泳がせた。

「あれはですね、小屋です」

それは、見ればわかる。

「ちょっと変わり者が住んでおりまして……悪い人ではないんですけど」

いつになく歯切れの悪いマリーに私は首をかしげた。マリーはいつでも、私の知らないことを元気よく教えてくれるのに。

「そのうち紹介します」

「わかったわ」

申し訳なさそうに眉をさげるマリーに、私は「気にしないで」と首を振った。

◆◇◆

その日の晩餐には、鹿肉が出た。

「新鮮で質のよい肉が手に入りました」

とほくほく顔のパメラに、私とマリーは顔を見合わせた。

大理石の廊下にリオハルトの足音が響く。

久方ぶりの王都ヴァリア城は、どこか違う空気をまとうようだった。だがそう見えるだけで、何も変わらないことはリオハルトも理解している。政治をあずけた優秀な宰相ノルマンは政務を滞らせることはなかっただろうし、ルーゼン領で目を通した大量の報告や決裁も、ノルマンの激務を伝えこそすれ、王国に影響を及ぼすものはなかった。

いつもの景色が違って見えるのは、自分が変わったからだ。

緊張した面持ちで見送りの言葉を伝えてくれたスカーレットは、思わず馬をおりて抱きしめてしまったほど可愛らしかった。

心に湧きあがった想いを遮るように、柱の陰からぬっと現れた人影があった。

「ご機嫌ですね、陛下」

手に大量の紙束を抱えて立つノルマンを認めた途端、リオハルトは真顔になる。

「……お前、ここで待ちかまえていたのか」

「侍従たちが驚きましょうから、端によけていたのです」

くいと眼鏡をあげてノルマンはリオハルトに向きあった。

「アルメリク王国にて伴侶様を見出されたとのこと、まことにおめでとうございます。まずはお祝い申しあげましょう」

しかし、と眼鏡の奥の目が光る。

「聞けば、王家や公爵家と諍《いさか》いを起こしたとか。アルメリクとは特段に友好関係を結んでいるわけでもないが、敵対したいわけでもない」

「耳が早いな」

「しかもお相手は元〝糸切れ〟だと言うじゃありませんか。何が起こるか――」

はっと我に返りノルマンは口をつぐんだ。赤い糸は伴侶にしか見えない。だから、ついつい忘れてしまうのだ。王たる威厳をそなえて自分の前に立つ男に、〝糸切れ〟の噂があることを。

「ノルマン。お前の働きには感謝している。俺を王位から引きずりおろそうとしていた貴族どもに異を唱えてくれたのはお前だし、宰相であるお前の助けがあればこそ俺は王の座にいられる」

「それはありがたく存じます。私は、そう、赤い糸など資質の一部にすぎぬと思っておりますから」

赤い糸の信奉者の中には、頑として神殿での鑑定を受けようとせず、伴侶を迎えようとしないリオハルトを〝糸切れ〟に違いないと蔑む者もいた。

そんな彼らをしり目に、リオハルトは国政の改革を進めた。

結婚相手を運命として定める赤い糸は、王家を含めた貴族社会を安定させ、不要な争いを避ける助けになる。一方で国の体制はますます貴族家系によって立つものになってしまう。

新興《しんこう》貴族であったシュモルク家をはじめ、リオハルトは優秀な者であれば身分に関係なく取り立てた。平民を重用したこともある。赤い糸を持たない平民の活躍は、古い貴族たちを黙らせた。

ノルマンはそうしたリオハルトを支えてきた。

ルーゼンフェルドの若い貴族の中には、赤い糸にとらわれず婚姻を結ぶ者も少なくない。

「だが、お前の心にも蔑みはあったのだな」

「それは……私だって、赤い糸に従って妻を得ましたからね。そして妻を愛しています」

努めて笑みを浮かべるノルマンのこめかみを冷や汗がつたっていく。

「私の忠心を疑ったりはなさらないでしょうね？」

「ああ。だがスカーレットを歓迎する気がないことはわかった」

刃のような視線にひたと見据えられ、ノルマンは目を泳がせる。

やがて観念したようにため息をつくと、ノルマンは笑みを消した。鋭い視線で真正面からリオハルトを見つめ返す。

「そうですとも、私は認めませんよ。ルーゼンフェルドにだって迷信はまだ残っている。陛下の立場を危うくするような行為は反対です」

国に不幸を呼ぶ〝糸切れ令嬢〟を伴侶にするとなれば、万が一リオハルトまでもが〝糸切れ〟であれば、リオハルトを蹴落とそうとする貴族たちはここぞとばかりに責め立てるだろう。

「伴侶ならば、伴侶である証を見せてください。せめて神殿での鑑定をなさらなければ、貴族どもだって納得しない」

困ったように言ってから、ノルマンははたと目を見張った。

「まさか、糸の結ばれていない相手を伴侶と呼んでいるわけではないでしょうね？」

「ならどうする？」

伴侶だと告げたからこそアルメリク側も、リオハルトの横暴ともいえる行動を許したのだ。もしそれが方便だとなれば、アルメリクも黙ってはいない。

「国内の貴族ならともかく他国の、それも後ろ盾どころか火種を抱えた令嬢を王妃にはできません。丁重にお詫びのうえ、アルメリクに戻っていただきます」

リオハルトの威圧を受けながらもこれだけのことが言えるのは、ノルマンだからだ。そしてノルマンの指摘は、客観的には正しい。

「考えておこう」

ノルマンの手から書類をつかみ、リオハルトは歩きだした。硬質な靴音が廊下に響く。その背を、信じられないと言った様子で目を見開き、ノルマンは凝視した。

「陛下、まさか本当にその娘を王妃に――」

「ノルマン」

振り向いたリオハルトは、ふたたび射貫くような眼力でノルマンを圧倒した。喉奥にちりちりと焼かれるような痛みが走り、ノルマンは顔をしかめる。

これ以上食い下がれば、眩威《グレア》を叩きつけるという警告。

「アルメリク王国との取引で人身売買組織の情報を手に入れた。第二騎士団の指揮権をお前にやろう。我が国に潜む輩《やから》はすべて捕らえよ」

「わかりました……伴侶については、お考えがまとまりましたら、またお聞かせください」

ふらつきそうになる足を踏みとどめ、胸に手を当てたノルマンは、立ち去るリオハルトの背に頭をさげた。


執務室に入ったリオハルトは、顔をしかめそうになって表情を消した。

リオハルトを待っていたのは、ダグル・フェルド公爵。恰幅のよい体に白いもののまじり始めた頭をのせ、富む者特有の穏やかな笑みを浮かべる彼は、いかにも貴族といった風情だった。

クラウスは廊下にさがると、一礼をして扉を閉める。フェルド公爵家はルーゼン王家に次ぐ領地と権力を持つ。リオハルトとダグルの会話を、ほかの者が聞くことはできない。それはたとえば宰相であるノルマンであってもだ。

「ノルマンに捕まりましたかな」

腕の中の書類を見、ダグルは静かに言った。

「あやつは若い。優秀で、忠実でもある。わしよりもずっと陛下のお役に立っております」

ノルマンの年齢は、三十の半ばをすぎたところ。重鎮の貴族たちのほとんどは彼より年上だ。実際、リオハルトの即位直後に宰相の地位へ就任したときには、ノルマンはようやく二十になろうという頃だった。

「しかし、その若さゆえに、ノルマンは陛下のお心を知りませぬ」

「わざわざそんなことをしゃべりにきたのか？　用件を言え」

「陛下にご挨拶にまいったまでですよ。陛下が何も言わずに飛びだすものだから、ノルマンは陛下がご病気で臥せっておられると言いふらしてしまいました。陛下が回復なされたのなら、わしに様子を見てきてほしいと思う貴族は多いのです」

「無能な貴族を処分できるほどには回復したと言っておけ」

「わしは陛下のお味方ですよ」

椅子に腰をおろし、今度は隠さずに顔をしかめるリオハルトを唇をたわめて眺めると、ダグルは呟いた。

「ウィスタリアも、よろこんでおりましょう」

ふと書類をめくる手が止まる。

ダグルはリオハルトが何か言うのを待った。

だが、沈黙は破られず、ダグルは無言のまま執務室をあとにした。


アーチ状に設えられた窓からは、春の訪れを思わせる日差しが廊下の隅々へ投げかけられていた。

蟇蛙《ひきがえる》のように背中を丸め、磨きあげられた床を踏みしめつつ、のそりのそりと廊下を歩くダグルに、一人の青年が追いつく。

「父上」

「アレクシスか」

　ほほえみの形を口元に張りつけたままダグルは振り向いた。見上げる息子は彼に似ず背の高く、甘い顔立ちをしていたが、そのかわり愛想笑いも浮かべない鋭い目を持っていた。

「陛下が伴侶を連れ帰ったというのは本当なのですか」

「わからぬ。伴侶様のお姿はなかった。どこかへ隠しておいでらしい。――アレクシスよ」

　好々爺《こうこうや》の面相を崩さぬまま、細い目をたわめ、ダグルは息子の肩に手をかける。

「〝糸切れ令嬢〟をさぐれ」

「俺に任せていただけるのですか？」

「お前にしか任せられぬよ。リオハルト陛下の伴侶に相応しい娘かどうか、お前の目でしかと見極めておくれ」

「承知いたしました」

　言えば、アレクシスはやはりにこりともせずに頷いた。

◆◇◆

あんぐりと口を開けるカールを、私も困った顔で見つめるしかできなかった。

先日の市でカールを叱った男は、トマス商会の幹部で、ゼイムという名だとマリーが教えてくれた。抜け目のない商売人である彼は、私との話題を提供してくれるだろうカールを同行させ、さっそく挨拶に訪れた。

ルーゼン領の領主城館に連れてこられ、マリーやパメラにかしずかれる私を見たことで、カールはついに気づいた。商家の息子だと紹介したリオハルト様が、ルーゼン領主――つまり国王陛下のお忍びの姿であったことに。

私とカールから少し離れたところでは、ゼイムがパメラにこそこそと話しかけている。

「なんとお呼びすればよろしいでしょう。奥様ですか、それとも伴侶様、……もしかして、王妃殿下？」

「スカーレットと呼んでください」

呼び名を確認するゼイムへ、私は慌てて声をかけた。ゼイムは不思議そうな顔をしたが、パメラも何も言わないのを見て「わかりました」と応じてくれる。

「僭越《せんえつ》ではございますが、スカーレット様とお呼びいたします。――では、スカーレット様」

たくさん身の詰まった瓜のような頬が、にっこりと持ちあがった。

「本日はお召し物を一式取り揃えさせていただきました。ドレスにコート、靴、バッグ、アクセサリー、流行のボンネットもございますよ。ルーゼンフェルドの主だったドレスメーカーはもちろん、国外から輸入した希少な品まで、トマス商会はありとあらゆる品を扱っております。こちらはカシェン地方の特産の布、こちらはデーネルクの刺繍、こちらはセザールのデザインで……」

語られる言葉と同時に様々なドレスが目の前を横切っていく。輝くような布地に眩暈を覚え、私は力なくマリーの肩に身をあずけた。

「あの、これ……買わなくちゃいけないかしら？」

「あー……そうですね」

血の気の引いた私を見て、マリーも眉をさげる。

「何着かはアルメリクで調達されたようですが、お召し物は圧倒的に足りていませんからね……」

リオハルト様の庇護を受けるなら、屋敷に引きこもってばかりいるわけにもいかないだろう。

社交界には様々なドレスコードがある。季節や場、相手にあわせてデザインや色が変わる。だから貴族令嬢がたくさんのドレスを持つことは普通だ。むしろ、どんな場にも出られるよう、持っておかなければならない。エインズ家にも、フェリクス殿下の婚約者となったメリッサのために、ドレスルームが二つもあった。

（でも、私――）

この屋敷にきてから身支度はすべてパメラとマリーの担当だったと、今さらながらに思いだす。

朝起きればその日に着るものは用意されていたし、ほとんどが室内で気楽にすごすためのシンプルなドレスだった。

二人はわかっていたのだ。だから、私に負担が及ばないように、先まわりをしてくれていた。

「スカーレット様には、ぜひルーゼンフェルドのドレスを着ていただきたいですね。どのようなドレスがお好みですか？」

満面の笑みを浮かべ、ゼイムはずらりと並んだドレスを示した。

「なら私が選ばせてもらいましょうかね」

思わずあとじさりしそうになった私に助け舟を出してくれたのは、パメラだった。私を庇うようにゼイムの前に立つ。

「スタンダードに髪色とあわせたレッドもよろしいですし、ブルーでもグリーンでも映えるのですよ。落ち着いたものがよければ、ブラウンで刺繍を入れてもようございますね」

「はいはい、レッドにブルーにグリーンにブラウン……」

「そうね、外出用にはこれとこれ、晩餐会用にはこれ、来客があったときのために一応これも」

次々にゼイムのさしだすドレスを、パメラもまたすばやく仕分けしていく。手を止めないまま、パメラは私を振り向いてにっこりと笑った。

「スカーレット様、お任せくださいね」

「ええ、ありがとう」

ごめんなさい、と私は心の中で呟いた。

私がドレスを選べないのは、ルーゼンフェルドでのドレスコードを知らないからだけじゃない。

〝糸切れ〟として虐げられてきた私には、すべては押しつけられるものだった。私がエインズ家で着ていたのは、メリッサの要らなくなったドレス。それも、次のドレスにも使えそうな装飾を取り外し、わざと布を破り、とてもじゃないが外出などできない見た目にされたもの。

そうでなければ、一家の恥である私が人の目に触れてしまうから――。

「スカーレット様、おれが選んだものも見てください」

俯く私に、明るい声がかけられた。カールだ。

カールは腕をいっぱいに広げて、大きな紙を見せてくれた。しっかりとした厚みのある紙に、細かな線と装飾された文字が並ぶ。

「これは、地図……?」

「ええ、ルーゼンフェルドの地図です」

以前カールがくれたものよりも何倍も大きく、彩色もされている。職人が手ずから作ったものだろう。地図には各地の名物も描かれていて、そのうちの一つに私は目を留めた。

「ヴァリア城……」

今、リオハルト様がいらっしゃるという王城。

王都の城壁を示す線の中央に〝ヴァリア〟の城名と、城の外観が緻密《ちみつ》に描き込まれていた。水堀と緑の庭園と、巨大な尖塔を持つ城。指の爪ほどの小さな絵図だけれど、目の前に景色が浮かぶようだ。

「実は、あの人が……ああいえ、国王陛下がうちの店にお立ちよりくださって」

地図を受けとりまじまじと見つめる私に、カールは赤らんだ頬をかいた。

数日前、王都へ出立したリオハルト様は、町を出る前にルーゼン領のトマス商会で馬をとめた。

当然店内は上へ下への大騒ぎになったそうだが、そのときも目立たない乗馬用の装いだったために、カールはまだリオハルト様の正体に気づかなかった。

自分を見て目つきを鋭くするカールに、リオハルト様は口角をあげて笑い、

『お前、もし屋敷へくるなら、スカーレットのために上等な地図を見つくろって持ってこい』

そう言ったのだという。

「リオハルト様が……？」

「はい」と今は神妙な顔で、カールは頷いた。

それは、たぶん、私がこうなることを見抜いていたからだ。

弾む胸を押さえ、私は小さく息をついた。

マリーの言うとおり、私は寂しかったらしい。離れていてもリオハルト様が私に心を寄せてくださっているのだという事実が、自分でも驚いてしまうほどに嬉しい。

「あの人は……本当にスカーレット様を幸せにしてくださると思います」

ぎゅっと眉根を寄せて唇を震わせ、カールは告げる。

「おれ、あんなにやさしくしてくださるスカーレット様がどうなるんだろうってずっと心配してたんです。でも、おれじゃなんにもできなくて」

（ああ、そうだわ。カールは何があったのか知らないのね）

カールが家にきたというのは、メリッサが私を誘いだすための嘘だった。各地で交易をしながら移動するトマス商会がルーゼン領にいるということは、カールは私たちよりもっと早くにアルメリクの王都を出立していたはずだ。

私が公爵家に嫁がされそうになったことも、リオハルト様に助けだされたことも、カールは知らない。ただ姿の見えなくなった私を案じてくれていたのだ。

涙の滲む栗色の目を見ていたら、私も涙ぐんでしまった。

「よかったです」

「……ありがとう」

潤む目を細めて私はほほえんだ。

自分のことをこんなによろこんでくれる人がいるのだ。それはマリーもそう。私という人間を認めて、寄り添ってくれようとする。

（私も、いつまでも怖がってはいられないわね）

勇気を出して、一歩を踏みださなくては。

「あのね、私、リオハルト様にお返しがしたいわ」

カールに笑いかけると、私はマリーを振り向いた。

私のために心を砕いてくださるリオハルト様に、せめて何か一つ。

「リオハルト様は何がお好きかしら」

私に尋ねられ、マリーはパメラを見た。ドレスなどを選び終わったらしいパメラは、ゼイムと支払いの確認をしていたところだったけれども、マリーと一緒に首をかしげた。

予想外の反応に私も首をかしげる。

「陛下の、お好きなもの……」

「お仕事……？」

「スカーレット様……？」

真剣な顔で言われて、私は頰を染める。

「……なら、お仕事で使えそうなものを見ようかしら？」

どうやらリオハルト様も、あまり好みというものがないようだ。

「たとえば、ペンとか……？」

「はい、ペンもたくさんご用意してございますよ」

呟くと、すぐにゼイムが駆けつけてきて、様々な種類のペンが披露された。ドレスや宝飾品だけでなく、文具や雑貨も持ち込んでいたのだ。

（眩しいわ……）

ペンなのに、宝石や金細工で飾りつけられたそれらはどれもペンだとは思えないくらいにきらきらしい。思わず目の前に手をかざしながら眺めてしまう。

その中で私が目を留めたのは、琥珀を使った万年筆だった。

「あの、これを手にとってみても？」

「はい、もちろんですよ」

持ちあげて、光に透かしてみる。リオハルト様の瞳と同じ、蜂蜜の中に夕日の輝きを閉じ込めたような色の軸は、金の留め具とあいまって重厚な存在感がある。

（まるでリオハルト様みたい）

私はこの万年筆を使うリオハルト様を想像してみた。似合う、と思う。でもすぐに、自分がとても大胆なことをしている気持ちになって頬を染める。

「こちらをください」

「承知いたしました」

どきどきと緊張に鼓動を鳴らしながら、私はゼイムが万年筆を箱に入れて赤いリボンをかけるのを見つめた。

（初めて人に贈りものをするわ……）

それも、自分で選んだものを。

そう考えると急に、これでよかったのかと不安になってしまう。リオハルト様の好みにはあっているだろうか。使ってくださるだろうか。

「とってもよろこばれますよ！」

私の気持ちを察したのだろう、マリーはぱちりと片目をつむると胸に手を当てて請けあってくれたので、私もほっと息をついた。


使用人たちがドレスやアクセサリーを部屋へ運び入れているあいだに、私はマリーと別室で休憩ということになった。

「みんなが働いているのに……」

エインズ家では荷運びの監督をしていたから、どうもそわそわしてしまう。並べられていたドレスも、自分のものだなんて信じられない。

視線を落とせば、私の小指の赤い糸は途切れたまま。

赤い糸にとらわれない平民として生きていきたい、というのが、私の願いだったけれど。

よかったです、と目に涙を浮かべながら言ってくれたカールを思いだす。

(……よかったのよね)

私は目を閉じて、マリーの淹れてくれたお茶を飲んだ。爽やかな香りと甘みのある味はルーゼンフェルド独特の製法で作られた茶葉だという。添えられた焼き菓子にはナッツがふんだんに使われていて香ばしい。

リオハルト様も約束してくださった。私は幸せになれる――なってもいい、はずだ。

ころん、と音がして、私は目を開けた。

「あら？　マリー、何か落ちたわ」

紅茶をつごうと立ちあがったマリーのエプロンから細長いものがこぼれでたのだ。手をのばして拾いあげれば、それは真新しいペンだった。ペン軸にペン先をとりつけるだけのシンプルなもの。ただ、握る部分は曲線になっていて、手に馴染みやすい。

「あ！　それは」

マリーは慌てた顔になって、「申し訳ありません！」と深々と頭をさげた。いつものマリーとは違う態度に目を丸くしていると、顔をあげたマリーは許しを請うように手をあわせる。

「スカーレット様が、陛下にペンを選ばれたのを見て……私も、そのう、願掛《がんか》けといいますか」

「願掛け？」

「その、ですね……贈りたい相手が、やはり仕事バカというか……ペンをよく使うので、いいなあと思いまして。でも、主人の真似をするなんて出すぎたことでした！　申し訳ありません。これは処分します」

「待って。咎めたいわけじゃないの」

今度は私が慌ててマリーを止めた。私を真似てペンを贈ろうと思ってくれたなら、むしろ嬉しい。

それよりも気になったのは、

「贈りたい相手って、マリーの好きな人？」

尋ねると、マリーは顔を赤くして目を泳がせた。

「えっ、え、誰⁉　この屋敷にいる⁉」

「えーと、いるような、いないような……」

謎かけのような答えに私は首をかしげた。たとえば、特定の季節にだけ訪れる商人や使用人だろうか。

「私は会ったことがあるかしら？」

「いいえ、ありません」

やはりそのようだ、と心の中で頷く。

「いつか紹介してね！」とお願いすれば、マリーは眉間に皺を寄せて悩んだものの、やがてぱっと表情を輝かせて、「はい、いずれ」と約束してくれた。

「どうしたの？」

急に笑顔になったマリーに首をかしげると、マリーは「ふふっ」と声をあげて、一緒になって首をかしげた。斜めになった視界に、マリーの笑顔がまっすぐに映る。

「スカーレット様が、これからもこの屋敷にいてくださるんだと思って」

「……」

私は口に運びかけていた焼き菓子を手にしたまま、ぴたりと動きを止めた。

いつのまにか、私はこの屋敷での――ルーゼンフェルドでの暮らしに馴染んでいた。

テーブルには、リボンをかけた小箱が置かれている。マリーの言ったとおり、きっとリオハルト様はよろこんでくださる。思わず口元がゆるむ。

「リオハルト様のお帰りが楽しみですね」

「ええ、そうね」

マリーの言葉に、自然に頷くことができた。

◆

門を出て、上機嫌に鼻歌をうなるゼイムのあとを、カールは肩を落としながら追いかけた。商談としては大成功だし、今後の取引も見込める。気をよくしたゼイムはカールを〝ルーゼン家・スカーレット様〟の担当商人にしてくれた。

それでも、恋に破れたカールは快哉を叫ぶ気にはならなかった。

「しんきくせえ顔するなよ。お前の選んだ品物はちゃんとよろこばれたじゃねえか」

くるりと振り向いたゼイムの分厚い手がカールの肩を叩いた。慰めてくれている、らしい。

「わかってます」

はなからスカーレットはカールの気持ちなど気づいていなかったし、弟のようなものだからこそ無防備に笑いかけてくれていたのだ。それ以前にスカーレットは伯爵家の令嬢で、手が届く相手ではなかった。

でも、スカーレットが家を出るなら、もしかしたら、と期待していた。自分を頼りにしてくれて、いつか距離の縮まることもあるかもしれない、なんて。

約束していた冬物のコートを渡す前にスカーレットの姿が見えなくなって、何かあったのだと思った。それでも何もできない自分が悔しくて、ルーゼン領で再会して本当に嬉しくて。

隣にいる目つきの鋭い男が商家の息子だと聞いて、出奔したスカーレットが悪い男に拾われたのだと早合点した。

（まさか、国王陛下だとは……）

領主城館を訪れそのことに気づいた瞬間、リオハルトに楯突いた記憶が脳裏をよぎって青ざめた。ゼイムももっと強く止めてくれればよかったのにと恨み言を思ったりした。

なんにしろ、スカーレットのためを思えば、これでよかった。

いつも青白かった肌は血色をとり戻し、ドレスから覗く腕はふっくらと健康的な丸みを帯びていた。何より、表情が明るくなった。

（よかった、よかったんだ）

こぶしを握りながら自分に言い聞かせる。

地図を見せたときもスカーレットの視線は真っ先にヴァリア城にくぎづけだったし、そのあとにリオハルトへ贈る万年筆を選んだときも、本人は気づいていなかったかもしれないが、頬を染めて彼を想う眼差しを向けていた。……完敗だった。

（くそっ）

あふれそうになる涙を乱暴に袖で拭ったときだった。

「君たち」

背中から声をかけられて、ゼイムとカールは振り向いた。立っていたのは高級な仕立てのコートに身を包んだ紳士だ。すぐさまにこにこと商人らしい表情を貼りつけるゼイムには、まだまだ敵わないのだろうとカールは思った。

「はい、何か御用でしょうか」

「今、この屋敷から出てきたね」

身を屈め、ゼイムは背の高い男をすくいあげるように見た。特徴的な群青の髪を後ろに流し、温度のない視線を向ける男に、さすがのゼイムもたわめたまぶたの奥から訝しげな視線を返す。

「スカーレット・エインズ嬢はおられたか」

たった今彼らが辞去してきた屋敷を見上げて男は尋ねた。

「私の名はアレクシス・フェルドだ」

◆◇◆

報告書へ目を通すリオハルトの表情は険しいものだった。アルメリク国王はメイナードの処刑執行の報せとともに、元公爵家から押収した証拠品の写しをルーゼンフェルドへも送ってきた。その情報をもとに、ルーゼンフェルド国内でもノルマンが調査を進めている。

「まだ情報の裏付けをとっている段階ですが、どうやら当初の想定よりよほど大きな組織のようです。国をまたいで広範囲に被害が出ているということは……」

アルメリクにおけるメイナードのように、ルーゼンフェルドでも貴族が手を貸しているだろう、というのがノルマンの見通しだった。

それが事実であれば、この件について迂闊《うかつ》に口外はできない。

「しばらくは俺とお前のあいだに留めておくのがよかろうな」

だからリオハルトもわざわざルーゼン領から戻って調査を指示したのだ。そうでなければスカーレットといられたものを。

(処刑されたのちにまで厄介なことをしてくれる)

メイナードの肥え太った姿を思い起こしながら、リオハルトは渋面を作った。

(その処刑にも、不審な点がある)

いくら国の恥部とはいえ、処刑が早すぎるのだ。これではなんのためにリオハルトが手を下さなかったのかわからないくらいだ。

アルメリク側の問題なら、ルーゼンフェルドは手を出さずにいるのがよいだろうが――それは、スカーレットに火の粉がかからないならば、の話だ。

「……伴侶様のことですが」

途端に射貫くような視線を向けるリオハルトに、ノルマンは両手をあげてみせた。

「睨まないでください。これは陛下のお耳に入れておいたほうがよいことですよ」

「なんだ」

「フェルド公爵が動いているようです。リオハルト陛下がついに伴侶を得られたと、貴族たちに噂が広まっております」

「……なんだと？」

「私を痛めつけないでくださいよ！」

眩威《グレア》を叩きつけられるのではないかと危惧したノルマンが声をあげてしまうほどに、リオハルトの表情は怒りにあふれていた。

「あの方――ウィスタリア様のことがあってから」

リオハルトの表情を窺いながら、おそるおそるとその名を口にするノルマンに、リオハルトは眉根を寄せた。

「フェルド家は実質的な影響力を失っています。新たな伴侶様との関与を示しておきたい思惑は理解できるでしょう？　伴侶様の後見人になることができれば、フェルド家は従来どおりの地位をとり戻す」

「それで――」

リオハルトは天井を仰いでため息をついた。

ダグルが執務室へやってきて、ウィスタリアの名を出したときから予想はしていたことだった。

「スカーレットがウィスタリアの生まれ変わりだと、そう吹聴しているのだな」

「はい」

現在、スカーレットの籍はリオハルトの指示ひとつでいつでもエインズ家から抜けられるようになっている。ルーゼンフェルド国内の貴族籍が必要だとは考えていた。それなりの格式の家へ、スカーレットを養子に迎えさせるという選択肢はある。

だがそんなことを明かせば、貴族たちは〝伴侶様〟の奪いあいを始めるだろう。

ダグルの行動は、スカーレットの立場を明け透けにするものではないが、王家に対するフェルド家の影響力を誇示しようとする企みではある。

「どいつもこいつも……」

重々しいため息は獣の唸り声のようだとノルマンは思った。これまで冷徹な君主としての顔しか見せてこなかったリオハルトは、スカーレットが絡むと人間味を帯びる。

「陛下は、信じていらっしゃらないのですか？」

女神の恩寵には、前世の行いが関わっているという。

「信じていたさ」

だからこそ〝糸切れ令嬢〟の噂を聞きつけ、政務をノルマンに押しつけて駆けつけた。アルメリク国王を半ば脅すようにしてスカーレットを奪いとったのも、すべては彼女が伴侶だと信じたからだ。

（だが、それでは、スカーレットを幸せにはできない）

長い金髪をかきあげ、リオハルトは首を振る。

伴侶だと告げるたびにスカーレットの表情に浮かぶのは戸惑いだ。欲しいものさえ言えないスカーレットに、伴侶の座は重荷だ。

「ああ、いえ、話が逸れました」

気まずげに眼鏡をあげ、ノルマンはリオハルトから視線を逸らす。

「お耳に入れたかったのは、アレクシス殿がルーゼン領へ向かわれたようだということで……」

ガタン、と椅子を蹴る音が響き、ノルマンは身をすくめた。

顔をあげたときにはリオハルトの背中はドアから出ていくところで、

「また私が政治のおもりですか……⁉」

ノルマンの叫びにも、リオハルトは答えない。「クラウス」「はっ」という短い主従のやりとりが聞こえたあとは、あっというまに靴音が遠ざかっていく。

「……まあ、そう仕向けたのは私ですが」

ドアを閉め、誰にも聞こえないことを確かめてから、ノルマンは呟いた。アレクシスが近づこうとしていることを知れば、帰還したばかりのリオハルトがルーゼン領に戻ってしまうのは予想していた。

建国以来の重鎮であるフェルド公爵家と、新興貴族であるシュモルク家は仲がよいとは言えない。向こうがリオハルトの怒りを買うような真似をするときは、せいいっぱい煽ってやるのが処世術というもの。

(それでもやっぱり、荷が重いんだよねえ)

俯いたせいでずり落ちてくる眼鏡をあげながら、ノルマンはため息をついた。

第五章　幸せに必要なもの

青ざめた顔をしてしまっていたのだろう。カールは私以上に狼狽して、私と、アレクシス・フェルド伯爵と名乗った相手との顔を交互に見比べた。

伯爵位を名乗っているのは彼がフェルド公爵家の嫡男であり、儀礼称号の使用を認められているからだ、というのはやはり緊張に顔をひきつらせたマリーが教えてくれた。

「正式な謁見を申し込めば拒否されてしまうでしょうから、このような無礼をいたしました。申し訳ありません。あらためまして、フェルド公爵の息子、アレクシスと申します」

整った顔立ちにはなんの感情も浮かんでおらず、アレクシス様は淡々とそう謝罪を述べると、胸に手を当て、頭をさげた。

「スカーレット・エインズと申します――」

私はためらい、動きを止めた。リオハルト様の伴侶であることを受け入れるならば、私は頭をさげてはならない。だが、私がただの伯爵令嬢であるならば、伯爵位を持ち、次期公爵でもあるアレクシス様に対して、それは尊大な態度だ。

悩む私に、アレクシス様はすっと小箱をさしだした。可愛らしいウサギの絵の上に、金字で店の名前が刻印されている。

「こちらは王都の土産で、流行《はや》りの焼き菓子です」

頭をさげる必要はないという意思表示だ。アレクシス様ご自身がおっしゃるとおり、この対面は非礼なものであるから、私がかしこまる必要はないのだと。

「あ、ありがとうございます……」

受けとろうとした私の目の前で、小箱が開く。

収められていたのは、動物の形のクッキーだ。それも、デフォルメされたウサギやリスが、きゅるんきゅるんの瞳でこちらを見つめている。バニラ生地とチョコレート生地を組みあわせることで濃淡をつけ、さらにチョコレートや砂糖で細かな部分を描いたものらしい。

「……」

私はまんまるの目をした動物たちを見つめ、それから鋭い眼差しを向けるアレクシス様を見つめた。

(……怖い人では、ない?)

そう思いかけて、そんなわけがないと心の中で首を振る。

アレクシス様の来訪は不意打ちだった。追加の商品を納めにきたカールとともに、パメラやマリーが知らぬうちに屋敷に入り込んでいたのだ。

「すみません、お知りあいだというので、お連れしちまったんです」

「ええ、わかっているわ。心配しないで」

アレクシス様の身分を考えても、突っぱねることは難しかっただろう。心底申し訳なさそうな顔で肩を落とすカールをパメラに任せ、私は応接室へとアレクシス様を案内した。

応接室に入ったアレクシス様は、席にもつかず、お茶の支度をするマリーを遮って「人払いを」と望んだ。

心配そうに窺うマリーに頷いてみせる。

まだ表情に不安を残しながらも、アレクシス様と私と動物たちのクッキーを残して、マリーは応接室を出た。私だってやっぱりまだ青ざめていると思う。

「アレクシス様」

それでもこれだけは言わなければと、アレクシス様が口を開く前に私は震えるこぶしを握りしめた。

「カールを……トマス商会を巻き込むのはおやめください」

意外にも、アレクシス様は「はい」と応え、即座に頭をさげた。

「ご無礼を、重ねてお詫び申しあげます。どうしてもスカーレット様にお会いしたかったものですから」

アレクシス様は、涼しげな目元をした、美青年と呼んでさしつかえのない方だ。けれどもやはり、瞳の奥には底知れない光が宿っている。

「私がルーゼン領へきたのは、あなたに会うためです」

鳶《とび》色の視線を避け、私は俯いた。堂々としていなければと思うほどに気持ちは焦る。

ルーゼンフェルド王国は、現在の王家であるルーゼン家と、フェルド家が同盟を結んで打ち立てた国だ。フェルド家がルーゼン家にかしずくことで、二家は周辺の領主たちをはるかに凌ぐ勢力となり、この地を治めた。

以来フェルド公爵家は貴族たちの中でも別格の扱いであり、両家の絆の深さは歴代王妃の出身がほとんどフェルド家とその親類であることにも表れているという。

そこに、私という異分子が入り込もうとしている。

アレクシス様は、王家へ第一の忠誠を誓う公爵家の嫡男として、私が王家の伴侶に相応しいかどうか、検分にこられたのだ。

「あなたは――」

リオハルト様に相応しくない。そう下されるのであろう評価を、私は罪人のように目を閉じ、身を小さくして待った。

けれども、アレクシス様のお言葉は、想像とはまったく異なったもので。

小さな呼吸音ののちに紡がれた声は、これまでとは違った力がこもっていた。

「あなたは、ウィスタリア姉様の生まれ変わりなのですか？」

「……え？」

驚きに顔をあげれば、アレクシス様は眉根を寄せて唇を引き結んでいる。

初めて見たアレクシス様の感情は、とても苦しげなものだった。

「どういう……意味でしょうか……？」

ウィスタリアという名を、私は知らない——けれど。

胸元をさぐろうとして、私の手は何もつかむことができなかった。

鼓動が跳ねる。視界が揺れる。

幼い頃の夢がよみがえる。

私は自分の手を見つめた。赤い糸がわからなくなるほど血にまみれていた手。

「十九年前のことです。私の姉、ウィスタリア・フェルドは、リオハルト陛下の〝運命の伴侶〟でした。二人は赤い糸で結ばれていた」

アレクシス様は私から目を逸らし、群青の前髪をくしゃりと握る。

「だが姉は殺され……暗殺を指示したとして、リオハルト陛下は異母兄ブランズ殿下を処刑、ブランズ派の貴族たちを次々と粛清した」

「……!!」

悲鳴がこぼれそうになって口元にあてた手は、自分でも笑ってしまいそうになるほど震えていた。

アレクシス様の視線は、そんな私の反応を見逃すまいとまっすぐにそそがれる。

「本当に何も知らないのですか？」

そんなはずはない、と眼差しが告げていた。

恐怖を映した私の狼狽に、アレクシス様は気づいている。

でも、私は答えられなかった。

（十九年も）

喉が引き絞られるように息苦しい。見開いた目からぼろぼろと涙が落ちる。

驚いた顔になったアレクシス様はすぐにハンカチをさしだしてくれたから、やはり本当はやさしい人なのだろうと思う。受けとらない私を見て、アレクシス様は「失礼します」と呟くとハンカチを頬に押しあてた。

それでも私は、呆然と立ち尽くすだけ。

（十九年も、リオハルト様はさがしておられたのだわ……自分の途切れた糸と対になる誰かを）

私を迎えにきてくれたリオハルト様。

必ず見つけだすと言った少年の誓い。

私の左手の小指に残る――途切れた赤い糸。

あの日の約束を守るため――わたくしのことは忘れて、と、そう言いたかった私の喉が、今と同じように塞がれていて。

（違う——私じゃない）

あれは、寂しい心が見せた幻想ではなかった。私のものではない、けれども本当にあったことの記憶だったのだ。

リオハルト様がさがしていたのは私ではなく。会いたかったのは、失った婚約者、で。

赤い糸が結ばれていた、ウィスタリア様。

ずっと疑問だった。どうしてリオハルト様は途切れた赤い糸をこれほどまでに信じることができるのだろうと。

一方で、どうして自分は応えることができないのかと苦しかった。

「やはりあなたはウィスタリア姉様の生まれ変わりなのでしょう？　あなたの赤い糸は、姉様と同じように陛下と結ばれているのですか？」

先ほどまでの態度が嘘のように熱っぽく、アレクシス様は言いつのる。

「だからリオハルト陛下はあなたを伴侶だと宣言した。ルーゼンフェルドへ連れ帰った」

——お前が俺の〝運命の伴侶〟だ。

リオハルト様の声が心のうちによみがえる。お顔が、琥珀色の眼差しが、抱きしめる腕の力強さが、ぬくもりが。

でもあれらはすべて、私に向けられたものではなかった。

アレクシス様の言うとおり、きっと私はウィスタリア様の生まれ変わりで、だからリオハルト様は、私を。

こぼれそうになる嗚咽《おえつ》を噛みしめる。

涙があふれて止まらない。心が痛いと叫んでいる。

その理由は一つしかない。

(私――私は、いつのまにかリオハルト様のことを)

戸惑いを口にしながらも、心はすでに奪われていたのだ。

「スカーレット様」

黙り込む私の肩をつかみ、アレクシス様は泣き濡れた顔を覗き込んだ。支えを失ったハンカチが床に落ちる。

「お願いです。教えてください。私は姉の死の真相が知りたいのです！」

私は首を振り、アレクシス様の手から逃れようとした。

「放してください、アレクシス様……っ」

「姉を殺したのは、もしや――」

その声を遮るように、けたたましい物音を立てて応接室の扉が開いた。

「何をしている――アレクシス」

怒りを含んだ低い声が部屋の空気を凍らせる。

ひゅっとアレクシス様の喉が奇妙な音を立てた。硬直した呼吸はその表情を青ざめさせる。

リオハルト様の眩威《グレア》だ。

「が……っ！」

喉を押さえ床に膝をついたアレクシス様を冷淡な目つきで見下ろしながら、リオハルト様は一歩ずつ近づいていく。距離の縮まるごとに、アレクシス様の額には玉のような汗が浮きでた。ついには痙攣《けいれん》を起こし、床に伏せてしまう。

「おやめください！」

「やめる？　なぜだ？　この男は俺の留守を狙い伴侶に手を出そうとした。殺されても文句は言えない」

本気だとわかる声色に私は背すじを震わせた。

メイナードにもそうだった。国王という血統に相応しい圧倒的な力を、リオハルト様は持っている。そしてその力を、伴侶を害する相手には容赦なく振るう。

でも。

「私は、違います」

考える前に、言葉は声になっていた。

「私は、リオハルト様の伴侶ではありません」

アレクシス様を睨みつけていたリオハルト様の目が見開かれた。怒りに滾る琥珀色の瞳が、私を振り向いて揺れる。

止まっていた涙があふれだす。マリーが心を込めてしてくれたお化粧は崩れてしまっただろう。

「何を言う、スカーレット」

「そのままの意味です」

リオハルト様は、私を救いだしてくれた。居場所を与え、あたたかな人たちに出会わせてくれた。

それは、リオハルト様が私を伴侶だと信じていたからだ。

私は両手をのばし、リオハルト様の左手をとった。たしかに私にはリオハルト様の赤い糸が見える。でもそれは途切れた赤い糸だ。

どんなに指を絡めても、途切れた糸が結ばれることはない。

「この糸が示すのは、私たちが〝運命の伴侶〟ではないということです」

一瞬、リオハルト様の瞳に怒りがよぎった。

眩威《グレア》の苦痛を覚悟して、私はその瞳を見つめ返す。ずっと自信なさげにしていた私の、突然の反抗に驚いたのだろう。リオハルト様は開きかけた口をつぐみ、視線を逸らした。

「アレクシスが、そう言ったのか」

数秒の沈黙ののちに、ぽつりと問いが落とされる。

「いいえ。アレクシス様はただ……お姉様の死の真相を知りたい、と」

険しくなる表情が私の胸を締めつける。私をルーゼン領へ残していったのは、こうなることを危惧していたからかもしれない。

久しぶりに会えたというのに、心はひどく寂しい。

「お前は俺の〝運命の伴侶〟だ」

私を抱きしめようとのばされた腕を避け、私は首を横に振った。

「私を見つけてくださったのは、ウィスタリア様のためなのでしょう」

琥珀色の瞳が見開かれる。

怯むように瞬いた視線は、肯定だ。

(私は――身代わりだったのですね)

リオハルト様が私に求めていたのは、殺されたウィスタリア様の身代わりとなって、この屋敷で囲われていることだ。

私を見つけだすことが、ウィスタリア様への誓いだったから。

「スカーレット！」

リオハルト様の呼び声に背中を追われながら、私は廊下へ飛びだした。何かが倒れるような物音と焦りを含んだクラウスの声が聞こえてくる。

すべてから逃げたくて、私は自分の部屋へと走る。

どうして今まで気づかなかったのだろう。

〝運命の伴侶〟であることと、〝愛される〟ことは違うのだ。

あの砕け散った赤珊瑚のペンダントは、その証明だったはずなのに。

◆

意識をとり戻したアレクシスのそばにいたのは、パメラだった。スカーレットの隣で表情をこわばらせていた若い侍女とは違って、パメラは完璧な笑顔をアレクシスに向けた。主人の伴侶に手を出そうとし、無様に制裁された間男――彼女から見えたアレクシスはそんなもののはずだろうに、怒りも侮蔑も、その笑顔からは読みとれない。

自分も鉄面皮と呼ばれることが多いだけあって、感心してしまう。

寝かされていたソファから身を起こし、アレクシスは周囲を眺めた。応接室にはアレクシスとパメラしかいない。

「トマス商会の者たちは帰ったのか」

「はい、先に帰しました。すぐに従ってくれましたから、彼らに罰は与えずにすみそうです」

パメラの言葉にアレクシスは頷いた。

迷惑をかけることがわかっていて、あえてスカーレットの信頼する人物を――裏切りの疑いをかけられる可能性が低く、アレクシスが利用したのだとはっきりわかる者を使わせてもらった。

「フェルド様には馬車を用意してございます。お見送りはどちらまで」

パメラはにこりと笑った。わざわざ送別を申し出ているのは、アレクシスの行く先を確認し、次はルーゼン家に近づかせないようにするため。今後アレクシスには監視がつくだろう。罪のない商人たちを不問にするために、そのくらいのことは受け入れねばなるまい。

「王都でも送ってくれるのか？」

「ええ、もちろん」

「なら王都の屋敷まで頼もう。私はこれ以上の手出しはせぬ——ルーゼン領ではな」

ただし、スカーレットが王都へやってくるのなら、そのときは。

(彼女は何かを知っている)

その何かを、アレクシスは知りたい。

首すじにそっと手を触れ、這いあがってきた恐怖にアレクシスはごくりと息を呑んだ。

アレクシスとて高家の子息だ、眩威《グレア》は使える。リオハルトの怒りを買っても、多少は抗えるものだと信じていた。

だが王の怒りは、想像よりもずっと苛烈だった。わずかにでも逆らえばそのまま死を与えられる、そんな恐怖が心臓を握り潰し、アレクシスは意識を失った。

スカーレットが王都へやってくるのなら——それでもなお真相を追い求めるのなら、そのときは、死を覚悟しなければならないだろう。

◆

リオハルト様から逃れて自室に戻り、泣いて泣いて、泣き尽くしたと思った涙は、テーブルに慎ましやかに置かれたリボンの小箱を見るなりまたあふれだした。

よろこんでくださるだろうかと不安に思いながらも、きっと笑顔を見せてくれるとも信じた。

(ばかみたいだわ、私)

嬉しいと言ってくださったとして——それは、ウィスタリア様とすごすことの叶わなかった幸福のため。

左手の小指の付け根、無様な赤い糸の絡まった皮膚に爪を立てて、私は涙を流す。

救いだしてくれて、居場所を与えてくれた。メイナードの慰み者になっていたかもしれない私を、〝運命の伴侶〟だと言ってくれた。戸惑ってばかりだと自分でも思っていたけれど、嬉しかったのだ。やさしくされて、舞いあがってしまった。

これでは赤い糸を信奉する人々と何も変わらない。糸切れだからと蔑まれて、リオハルト様が伴侶と言ったからとすりよられて、その疎ましさは理解していたのに。一人で生きていきたいと、たしかに願ったはずなのに。

いつのまにか、自惚《うぬぼ》れていた——リオハルト様が、私を愛してくださっていると。

けれど、リオハルト様がさがしていたのは、婚約者だったというウィスタリア様の生まれ変わり。アレクシス様が欲しいのも、私が持つはずのウィスタリア様の記憶。

誰も私を見ていない。

（どこにも〝私〟を愛してくれる人はいない……）

潰れたうめきが喉から漏れる。

エインズ家でしたのと同じ失敗を、私は繰り返した。期待して、裏切られて、こうして泣いている。

（消えてしまいたい）

逃げようか、と窓を見る。けれども私の部屋は二階で、以前のように簡単には抜けだせない。それに何より、リオハルト様が許さない。

ウィスタリア様の——〝運命の伴侶〟の生まれ変わりである私を、リオハルト様はまた血眼になってさがすだろう。

廊下から、足音がした。きっとマリーだ。王族に仕える侍女らしく、普段のマリーはドアの向こうまで響くような物音は立てない。私のための心配りなのだと思えば、ますます情けなくて。

（会いたくない）

でも、会いたくないと告げるだけの勇気も、私にはない。どうしてと尋ねられたらみっともなく取り乱してしまう。

シーツを握りしめ、私はベッドに突っ伏して涙をこらえようと無駄な努力をした。

ドアの前で足音が止まる。

「スカーレット様」

聞こえてきたマリーの声は――なぜか、ドア越しにも伝わるほど、どす黒いオーラに満ちていた。

ゴンゴンゴン、とこちらもなぜか重たいノックの音がするやいなや、答えを待たずにドアノブがまわる。軋みなどあげるはずがないのに、ギギギ……と音を立てて開かれたドアの向こうには、大荷物を背負ったマリーがいた。

「鍵は……？」

「壊れました」

というか、この状況はなんなのだろう。

首をかしげた拍子に涙の雫がひとつぶ頰を伝って、それきり涙は引っ込んだ。

「あの、それは？」

「荷物です」

それは見ればわかる。

礼をして部屋に足を踏み入れたマリーは、ドアを閉め、その場に平伏すると、額を床にこすりつけた。

「スカーレット様とフェルド様を二人きりにしてしまったのは私の失態です。やはり無理にでも止めるべきでした。私は侍女失格です。腹を切ってお詫びしようと思ったのですが」

「⁉」

恐ろしいことをさらりと言い、マリーは顔をあげる。

「それではスカーレット様がますますお心を痛めてしまわれると思いました。ですから、同じ殉《じゅん》ずるのなら、スカーレット様とともに」

蜂蜜色のマリーの目は、ウサギのように赤かった。もしかしたらマリーも、自分を責めて泣いたのかもしれない。

「スカーレット様がこの屋敷をお出になるのなら、私もついていきます」

「……!!」

目を見開く私の前で、マリーはぱんぱんに膨らんだ鞄を開けてみせた。一番上の布袋に入っているのは貴族の権威を誇るための金貨ではなくて、普段使いのための銅貨。その下には、平民の衣装に、持ち運びできる食糧。それから、カールのくれた彩色の地図。

エインズの家を出ようとした私が集めていたもの、それがまた現れたかのようだった。ただし量は二倍になって。

「本気なの？　マリー」

私を逃がせば、マリーはリオハルト様を裏切ることになる。罪人になるのだというのに、マリーはいつもの笑顔で「はい」と笑う。

「憧れだったんです！　可愛いエプロンをつけて、パン屋さんか花屋さんになるのが。スカーレット様と私なら、看板娘になれますよ！　町で一番の売上も夢じゃありません！」

私の手をぎゅっと握って、マリーはどんどん話を進めてしまう。と思ったら、不意にそのくっきりとした目から、ぼろぼろと涙がこぼれた。

驚きの声をあげる前に、マリーはひっくとしゃくりあげる。

「だって……だってね、ごめんなさい、スカーレット様。私、スカーレット様はリオハルト様のことを好きになるってわかっていました。いつか、って言ったけど、あのときスカーレット様はもう、リオハルト様のことを好きになりたそうだった」

「マリー……」

ようやく自覚した恋心を、マリーは見抜いていたのだ。きっとマリーの言うとおりなのだろう。王都へ戻るリオハルト様を見送ったあの日、赤い糸が結ばれていればと望んでしまった時点で、私はすでに心奪われていた。

いいえきっと、もっと前から——あの琥珀色の瞳に見つめられ、手をさしのべられたときから。

ごめんなさい、とマリーは繰り返す。

「スカーレット様が伴侶様って呼ばれたくないって、赤い糸を怖がってるのだって知ってたのに、こっそり応援してました。伴侶様になるって、きっと幸せなことだろうって勝手に思って」

私を抱きしめて、マリーはわんわんと泣き始めた。温かい雫が頰に落ちてきて、私の頰をつたっていく。

私は目を閉じた。マリーが言ってくれたことは、そのますべて私の誤りだ。私も、幸せなことだと思い込もうとした。赤い糸から逃れたいと言ったくせに、大切にされる心地よさに、都合よく伴侶の座に収まろうとした。

ずっと、愛されたかった。

誰も私を愛さないのだと呪いをかけられたあの日から、諦めようとして諦めきれなかった願いだ。

「ありがとう、マリー。私のために泣いてくれて」

ハンカチを渡すと、マリーは恐縮しながら涙を拭き、思いっきり鼻をかんだ。

「……申し訳ありません。これは洗ってお返しします」

ばつの悪い顔になったマリーがハンカチをポケットに入れる。

深呼吸を数回して立ちあがると、マリーは「では、行きましょう」と手をさしだした。私の手より少しだけ大きい、しっかりとして、ときどきクリームの香りのする手。

（あ……）

この手をとったら、もうリオハルト様の手はとれない。

「スカーレット様。マリーは、どこへでもお供しますよ」

逡巡する私にマリーはにっこりと笑い——すぐにその表情が真剣なものになる。

「ただですね、その前に、スカーレット様に会わせたい人がいるんです。この屋敷を出てしまったら、もう会えないから」

ぐいと顔を近づけて言うマリーに、私は思わず頷いた。

◆

いつのまにか日は暮れていた。冬でも葉の茂る裏の森は月明かりを通さず、目を凝らさなければ先が見えないほど。仲よくなったウサギたちがどこにいるのかもわからない。

その森を、私を横抱きにしたマリーが爆走していく。

了承をとりつけたマリーはすぐに私を屋敷の裏口へと連れていった。なんだかすっかりマリーのペースに呑まれてしまった、と気づいたときにはすでに私はマリーの腕の中で、耳元では夜の冷たい風がうなりをあげていた。

（こ、怖い……！）

必死にしがみつくと、マリーは大丈夫というようににこりと笑いかけてくれたけれども、それより前を見てほしい。

そこそこに長い道のりの末、たどりついたのは一軒の小屋だった。木造のしっかりとした造りに藁ぶきの屋根。小屋の裏を流れる小川には水車もついている。

以前マリーと森を散策したとき、遠くに屋根の見えていた小屋だ。

橋を渡り、ドアの前に立ったマリーは、躊躇なく叩き金を鳴らした。ガンガンと金属のぶつかる音が響き、ややあってから「はいはい」と間延びした声が返った。鍵の開く音がする。

「どうしたの、マリー。まだ食料はたくさんあるけど……」

ドアを開けて顔を出したのは、癖のある緑髪を一つに束ね、片眼鏡《モノクル》をかけた男性。襟のよれたシャツはだいぶ着古されているようだ。

「あれ、マリーじゃない子がいる。初めまして。ぼくはテオドアといいます」

まじまじと見つめてしまった私と目があうと、彼は気恥ずかしそうに苦笑を見せた。やさしい光を宿した目が穏やかにたわむ。私も慌てて名乗った。

「初めまして、スカーレットと申します」

「スカーレットさん、いや、スカーレット様かな」

「スカーレット様ね」

テオドアの言葉にマリーが頷く。

「そうだよね。ぼくのことはテオドアとお呼びください。今はもう籍を失って、ただの平民……いや、お尋ね者、か。まあとりあえず中へどうぞ」

不穏な単語を発しつつ、テオドアはマリーと私を招き入れる。

「そこにかけてくれる？　今お茶を淹れるから。部屋は二つしかないからね。研究をする部屋と寝る部屋だ」

テオドアの言うとおり、小屋の内側はシンプルな造りだった。入ったところがリビングとキッチンを兼ねた部屋で、壁際に大きな本棚とテーブルが据えつけてある。本棚からは本があふれだし、ラグを敷いた床にまで積みあげられていた。その向かいの壁際がキッチンで、テオドアは鍋を火にかける。

私たちは本棚とキッチンの中間にある椅子に腰をおろした。食事用のテーブルはない。本来は本棚の隣のテーブルがそうなのだろうけれども、本と大量の紙が散らばったテーブルにはほかのものを置く場所はなかった。

本はどれも古く、色が変わっているものもある。すりきれた背表紙からはかろうじて〝魔法〟や〝魔力〟といった単語が読みとれる。

その中の一つに〝赤い糸〟と書かれたノートを見つけて、私はぎくりと視線を留めた。

「ああ、気になりますか？　ぼくはここで、赤い糸の研究をしているんです」

不思議な香りのする薬草茶《ハーブティ》の入ったカップを私とマリーとに手渡し、テオドアはゆるやかに笑う。

「赤い糸の……？」

彼の言葉で、マリーが私をテオドアに会わせたいと言った理由がわかった。

(テオドアはきっと、貴族だったのだわ)

先ほど、籍を失って平民になったと彼は言った。

(赤い糸のことを知っている)

きゅうっと心臓がつかまれたようになり、私は左手を隠すように右手を重ねた。どれだけ頭で気にしないようにしようと思っても、心に染みついた恐怖は晴れない。私が〝糸切れ〟だと知られたら、呪われているのだと、不幸を呼ぶのだと言われたら――。

けれどもそんな私の左手を、モノクルを直しながら、テオドアは興味深そうに眺めた。

「陛下はついに伴侶様を見つけられたのですねえ」

「……え……？」

私の素性を、テオドアは知らないはずだ。なのにいとも何気ないことのように、彼は言う。

「スカーレット様の糸は途切れていらっしゃる。リオハルト陛下と同じです」

「――……」

咄嗟に返事をすることができず、私は言葉を詰まらせた。

テオドアは、リオハルト様の糸を見たことがあるのだろうか。いったいどこで？

それにまるで、私の糸も見えているような口ぶり。どう返せばいいのだろう？　何を答えるのが、正解なのだろう。

(それに、テオドアは、赤い糸が途切れていることを伴侶の証だと考えている？)

私が否定してしまった、リオハルト様と同じように。

呆然とする私の前で、テオドアは両手のこぶしを振りあげた。

「ああロマンだね！　赤い糸は何をもって結ばれるのか！　貴族連中の言うとおり、前世の行い？　それともあれは特権を強化するための方便か。リオハルト様とあなたの赤い糸はなぜ途切れ、なぜ結ばれないのか――はぶっ!!」

私にじりじりと迫るようにしていたテオドアの顔が、突然がくんと下にぶれた。見れば、こぶしを握ったマリーが怒りの形相で見下ろしている。

「あのねえ！　糸の話はデリケートなんでしょ⁉　あなたも元貴族ならわかるんじゃないの⁉」

「そうだった。申し訳ありません、スカーレット様。順を追って説明しなければ」

ずれたモノクルを戻しつつ、テオドアはへらりと笑う。

「スカーレット様は、〝赤い糸〟が何でできているかをご存じですか？」

「赤い糸が？　いいえ」

私は首を振った。赤い糸は赤い糸だ。女神の恩寵と言われるそれが何でできているかなんて、考えたこともなかった。

「ぼくは、赤い糸が魔力でできていると思っています」

「魔力……？」

「はい。文献によれば、魔力とはすべての人間が体内に持っている生命力のようなものです。量に違いはありますが、魔力のない人間はいません」

そして、とテオドアはモノクルを指先で叩く。

「このモノクルのレンズは古代の魔術書から復元したもので、特別な凹凸《おうとつ》をつけた魔硝石です。文献によればこれは魔力を見るためのものですが、ぼくらには赤い糸が見えるのです」

「だから、赤い糸は魔力でできている、と？」

私は顔をあげた。テオドアと目があうと、彼はモノクルの奥からニッと目を細めた。たしかによく見るとレンズには、複雑な文様が描かれている。

「はい。古代の人々は魔力を使って火を熾《おこ》したり水を操ったりできたそうです」

私はぱちぱちと目を瞬かせた。話が急にお伽話のようになった気がする。私の困惑を察したのか、テオドアは苦笑いを浮かべた。

「お伽話みたいですけど、神殿で聞きませんでしたか？〝運命の伴侶〟と真に心を通じあわせるとき、奇跡が起きる……って」

「あ……」

神官の声がよみがえる。テオドアはたしかに貴族であったのだろうと思った。

「ぼくは、眩威《グレア》は魔力によって引き起こされるものだと考えています。逆に言えば、今のぼくらにはもうその程度の力しか使えない。……一人だけ、病や傷を癒やす力を持った方がいましたが――おっと、話が脱線しましたね」

話をまとめようと、テオドアはぴっと人差し指を立てた。

「すべての人間は魔力を持っている。そして、赤い糸は魔力でできているようだ。だとしたら、赤い糸が王族や貴族の特権だというのはおかしいんです」

私は、テオドアの言うことを頭の中で反芻した。たとえば私の隣で心配そうな顔をしながら話を聞いているマリーも、赤い糸を持つということだろうか。

「でも赤い糸が平民と結ばれたという話は聞かないわ」

すべての人間が赤い糸を持つのなら、たとえば王族と平民が結ばれることだってあるはずだ。思わず口に出した疑問に、ぱっとテオドアの顔が輝く。

「そう！　そうなんですよ！　そこがぼくの研究の最重要テーマなんです」

私の手をとろうとしたテオドアの手をマリーが叩き落とした。赤くなった手の甲をさすりながら、テオドアは気にせず続ける。

「そのコントロールをしているのがあの〝鑑定〟という儀式なのでしょうね。たとえば、対象者の魔力を増幅させ、赤い糸をほかの者にも見えるようにする魔術――」

私の脳裏に鑑定の記憶がよみがえった。テオドアのレンズの何倍もあろうという魔硝石が、神官の呼びかけに応えて光り輝いていた。

「王都の神殿で平民の鑑定ができれば早いんですがね。なにせぼくはお尋ね者なのでこの森を出ることはできないんですよ」

自分のマグを持ちあげ、テオドアはひと息に飲んだ。その仕草にはもう貴族らしさは残っていない。不意に、私は彼が自分の目指していた姿なのだと悟った。

貴族の籍を抜け、赤い糸にとらわれず、好きなことをして生きている。

けれども彼は、移動を制限されている。それは、罪人だからだ。

「濡れ衣なんですけどね。殺人を犯した――ことになっています」

ぽつりとテオドアは呟き、己の左手を見つめた。

「リオハルト陛下はおやさしい。ぼくをこうして匿《かくま》い、研究もさせてくださる。あの方自身のためもありますけどね」

どうぞ、とテオドアはモノクルをとって私に渡した。

「ぼくの左手を」

言われるがままにレンズ越しに覗けば、テオドアの小指には赤い糸があった。だがそれは、幾重にも曲線を描き、花模様を形作っている。運命の伴侶がまだ見つかっていないことを示す形だ。

テオドアは肩をすくめた。

「貴族籍を失う前、ぼくには〝運命の伴侶〟がいたのです。クラウスさんが調べてくださったところによると、彼女の糸はほかの者に結ばれ、その相手と結婚したそうです」

「そんなことがあるのですか？」

「ええ。サンプルが少ないけれど、赤い糸は意外と流動的なようです。若くして伴侶を亡くしたり、異国の地に離れ離れになったりして、別の相手と結ばれる……そういった例が文献にあります」

「え……？」

「だからこそ」

返したモノクルをかけなおし、テオドアは私の左手を見た。

「〝糸切れ〟の状態をたもっている陛下の赤い糸は、非常に特殊なものなんです。ぼくの仮説が正しければ、ウィスタリア様の魂を引き継ぐ者も、陛下と同じ途切れた赤い糸を持って生まれる。ぼくはそう進言しました」

「ば……っ!!　テオドア!!」

「待って、いいの！　続けて」

テオドアの口を塞ぐマリーを、私は手をあげて制した。

先ほどまで無邪気ともいえる笑顔を見せていたテオドアは、今は真剣な目をして私を見つめている。切れ長の目に宿る怜悧《れいり》な光は、どこかリオハルト様を思いださせて。

「魂を引き継いだからといって、二人は同じものではない。それはリオハルト陛下もわかっています。わかっていて……あなたをさがすしか、陛下にできることはなかったのです」

暗殺されたというウィスタリア様。テオドアとは違い途切れたまま小指に残る赤い糸を見て、リオハルト様は私という存在を予感した。

私を正面から見据え、テオドアは言い聞かせるように告げる。

「赤い糸は、運命でも恩寵でもありません。人間が作った魔術の一環です。……その糸をどう解釈するかは、あなた次第だとぼくは思いますよ」

私は自分の赤い糸を見つめた。

途切れた赤い糸。私はそれを、リオハルト様とウィスタリア様が伴侶であった証――リオハルト様と私が伴侶にはなれない証なのだと信じた。

なぜ赤い糸が存在していて、なぜ途切れているのかなんて、考えもしなかった。

呆然とする私に、テオドアはふっと穏やかな笑みを浮かべた。

「できれば、陛下をよろしくお願いします。あの方には、隣にいてくれる誰かが必要です」

その瞬間、テオドアの背後から、マリーのこぶしが襲った。


テオドアの小屋を出たあと、マリーはしょんぼりとうなだれて、

「申し訳ありません」

と頭をさげた。

「どうして謝るの？」

「でしゃばった真似をしてしまったと……リオハルト様がスカーレット様をさがしていたきっかけが、テオドアだったなんて」

ウィスタリア様のことを、マリーは知らなかったのだろう。

「赤い糸のことを知れたのはよかったわ。私のためを思って連れてきてくれたんでしょう？」

テオドアの話は初めて聞いたことばかりだった。

それに、貴族籍を抜けた貴族がどのように暮らしていくのかも、マリーは見せてくれようとしたのだ。

「それもありますが……」

マリーは眉を寄せ、「ううう」と唸り声をあげた。

「私の我儘もあります。好きな人のことを、スカーレット様に見てもらいたかったんです。紹介するって、約束したから」

「……えっ⁉　彼がマリーの好きな人なの⁉」

思わず声をあげてしまってから、私はハッとして小屋を振り向いた。もちろん、テオドアに聞こえるわけはない。窓から見える彼は研究の続きにとりかかったようで、テーブルでせっせと書きものをしている。

その手に握られているペンは、先日マリーが好きな人のためにと買い求めたもの。

「約束を守ってくれたのね……」

いつか紹介してと、私がお願いしたから。

マリーは頬を染めてこくりと頷く。

でもさっき、テオドアの赤い糸は誰ともつながっていなかった――胸の内に湧きあがったそんな声が、喉に届く前に押し潰す。

それでもマリーには、心を読まれてしまったらしい。

「その……私は平民ですから、赤い糸に対する憧れもあります。でも、赤い糸で結ばれていないことはそこまで気にならないというか……テオドアも信じていませんし」

赤い顔のまま、マリーはもじもじと指先をあわせていたけれど、にこりと笑った。

「そばにいられるだけで、幸せなんです。……テオドアの記憶に、私が残れば」

「マリー……」

マリーの目はやさしい色で潤んでいて、夢見るような視線が窓越しのテオドアに注がれる。その様子はとても可愛らしくて、年上なのに励ましたくなってしまう。身を小さくするマリーの頭を撫でてもいいだろうかと考えていたら、マリーが顔をあげたので、私は手を引っ込めた。

「帰りましょう。あんまり遅くなると母さんに見つかっちゃいますし」

「……」

当然のように手をさしだすマリーに、私は諦めて身をあずけた。急げと言われたら、マリーに抱っこされて走ってもらうのが一番早い。

(私はどうしたいんだろう)

屋敷に戻って、マリーとこっそり出ていく？　ただリオハルト様から、赤い糸から逃げたいと言うだけの理由で。

赤い糸は運命でも恩寵でもない、とテオドアは言った。そうだと言いきるだけの勇気は、私にはまだ持てないけれど。

(私の、望みは――)

目を閉じれば、思い浮かぶのはリオハルト様の姿だ。

「ねえ、マリー」

びゅうびゅうと唸る風を耳元で聞きながら、私はマリーを呼んだ。小さな声だったのに、マリーはちゃんと「はい！」と返事をしてくれる。

「やっぱり私、まだここにいたい」

さっきよりももっと小さな声で紡いだ願いは、それでもちゃんと届いたようだ。

「……はい！」と特大の笑顔が返ってきて、おまけにマリーが涙ぐみ始めたので、やっぱりもっと平坦な道になってから言えばよかったと私は後悔したのだった。

◆◇◆

翌日の目覚めを、私は腫れぼったい目と泣きすぎたせいの頭痛によって迎えた。チリンと呼び鈴を鳴らせばマリーがすぐにきてくれる。

お見通しだったのだろう、マリーの手には濡らしたタオルがあって、ひんやりとした感触に私は目を閉じた。

（……もしかして、テオドアのところへ行ったときも、酷い顔だったのじゃないかしら）

今さらそう気づいたが、もうどうにもならない。夜だったし、それほど目立たなかったと思うことにしておく。

マリーに身支度を手伝ってもらい、朝食をとって、私はふと左手の小指に目を留めた。

昨日、リオハルト様はこの屋敷へ戻ってきていた。これまでなら私が起きる前に私の部屋にきて、朝食も一緒にとった。

(あんなことを言ったのだもの、嫌われてしまったかしら)

伴侶ではない、とリオハルト様に告げた。ウィスタリア様の名も出した。そのどちらも、リオハルト様にとっては快いことではなかったはずだ。

私の顔など見たくなくて、もう王都へ戻ったのかもしれない。

そう思うと、怖くてたまらなくなる。

「マリー、リオハルト様はどうしていらっしゃるかしら」

声が震えないよう、平静を装って尋ねれば、

「寝込んでおられます」

マリーから返ってきたのは、想定外の答えだった。


リオハルト様の部屋に足を踏み入れてから、それが初めてのことだと私は気づいた。リオハルト様はいつも私の部屋に足を運んでくださっていた。

室内は私の部屋よりもずっと簡素で、家具も衣装も最低限のものしか置かれていない。普段は王

都に住んでいるとはいえ、主人の部屋とは思えないほどだ。

ベッドにはリオハルト様が横たわっていた。肌は赤みを帯びて熱っぽく、息も荒い。

（あまり長くお話をしないほうがいいのかしら……？）

ドアのわきに揃って控えるクラウスとパメラへ視線をやると、なぜか二人とも照れたような顔になって廊下へ出てしまった。

（人払いではなかったのだけれど……）

困っているうちに、人の気配を察したのだろう、リオハルト様が薄く目を開けた。私の顔を見て、その表情は驚いたものになる。

「スカーレット……？」

「はい、あの……おかげんはいかがでしょうか」

どう話を切りだしたものかと視線をさまよわせつつ尋ねると、リオハルト様は小さくため息をついた。

「……クラウスには、自業自得だと言われた」

「え？」

「以前にも眩威《グレア》を使いすぎて発熱したことがある。今回はルーゼンフェルドとアルメリクを短期間に往復したうえ、眩威《グレア》を連発したからな」

「……それは」

私のせいだ。

欲しいものを尋ねられて答えられなかったときのように、自分から愛してほしいとはいえなくて。

いつか離れていくのが怖くて、さしだされた手をとることもできなくて。

リオハルト様のお言葉に逆らってばかりで、心を開かなかったから。いらぬ負担をかけ続けた。

「申し訳ありませんでした。今後このようなことは起こらぬようにいたします」

リオハルト様に向かって、私は深々と頭をさげた。

一晩かけて考えた。私はどうしたいのだろうと。

(――リオハルト様に、愛されたい)

それが叶わないのなら、せめて、リオハルト様のおそばで、リオハルト様を愛することは許してほしい。そのためならば、私は。

顔をあげた私は、せいいっぱいの笑顔を作った。震えてしまいそうになる唇をたわめ、涙があふれないように堪えながら。

「リオハルト様を困らせるつもりはありません。私は――」

「だめだ」

身代わりだというのなら、身代わりのままでいい。

そう告げようとした私の言葉は、なぜか鋭く否定された。

腰を強く抱きよせられた、と思うなり、ぐるりと視界がまわる。気づいたときには私の背中は柔らかなベッドにのりあげて、両の手はリオハルト様の手でそれぞれシーツに縫い留められていた。

体勢を入れ替えたリオハルト様に見下ろされ、ようやく状況を把握する。

「——!?」

「一人で生きていく、と言いたいんだろう? だめだ、俺のもとから去ることは許さない」

勘違いを訂正する余裕はなかった。

獣じみた獰猛《どうもう》な眼差しに晒され、私は動きを止める。少しでも息をすれば首元に喰いつかれてしまいそうな緊迫感。でもそれは、眩威《グレア》ではなくて、もっと切ない何かだった。

リオハルト様の表情がくしゃりと歪む。

抱きしめられて、耳元に熱い吐息がかかった。

「俺はもう、お前を手放せない」

ああ、と声にならない叫びをあげる。

(リオハルト様も、ずっと一人で生きてきたのだわ)

伴侶を殺されて、誰からも愛されないという〝糸切れ〟の呪いとともに、愛されたくて、でも愛されるわけがないと思い込んで。

私がリオハルト様から離れられないように、リオハルト様も私を手放せないのだ。

堪えていた涙がこぼれてしまう。

私の存在が、少しでもリオハルト様のお心を癒やすなら。

「はい。私は逃げません。リオハルト様のおそばにいます」

私はリオハルト様の肩に触れた。身を起こし、リオハルト様に向きあう。

「昨夜の無礼な言葉をお許しください。私は、リオハルト様を愛しています」

目を見張るリオハルト様の頬を両手で包み、安心させるようにほほえむ。

たとえ私が身代わりでも。

「おそばにいられるだけで幸せです」

けれども、リオハルト様のお顔は、安堵どころか険しくなった。

「スカーレット」

眉を寄せたリオハルト様が、私の手をつかむ。

灯りに輝く金の髪と琥珀色の瞳が交差した。灼《や》けつくような視線が私を射抜く。

「俺を愛している、と？」

「はい」

何がリオハルト様を怒らせたのかわからずに、私は頷く。

「ではなぜ、そんなに苦しそうな顔をしている？」

「え……？」

私は目を見開いた。その拍子に涙が頬をつたっていく。視界が遮られた、と思う間に、濡れたまぶたにリオハルト様の唇が落ちた。

「幸せだと言いながら、お前は壊れそうな笑顔で泣いている」

「それ、は」

「スカーレット」

視線を逸らしたいのに、逸らせなかった。瞬きをすることもできずに呆然と眺めるリオハルト様の瞳には、私が映っている。

(――もしかして)

期待したくはない心が期待してしまうのを止められない。

「……愛され慣れていないにもほどがあるだろう」

もしかしてリオハルト様は、本当に私を見てくださっていたのではないか、なんて。

リオハルト様の手が私の赤毛をかきまわす。

「俺もお前を愛している、スカーレット」

まっすぐにそそがれる視線の中に、これまでの暮らしがよみがえってきた。

(そうだった)

初めて会ったときからずっと、リオハルト様は私の名を呼び、私のために憤り、私を膝にのせて食事を与え――ずっと、私を見てくださっていた。

なのに自分の気持ちから目を逸らし続けてきた私は、アレクシス様の言葉に動揺して、なにもかも信じられなくなった。

そのやさしさがすべて、ウィスタリア様のためのものだと思ってしまった。

リオハルト様は私の向こうにウィスタリア様を見ていたのだと。

ぽろぽろと涙が落ちる。

(赤い糸に囚われていたのは、私のほう)

刷り込まれた呪いに抗ったようでいて、抗いきれていなかったのだ。

「私は……ウィスタリア様の身代わりでは、ないのですか？」

「違う」

不躾なことを尋ねただろうに、リオハルト様はいっそう眉を寄せるとやさしく私の髪を撫でた。

鳥が啄むように、まぶたへ、鼻へ、涙で濡れた頬へ、リオハルト様の唇が落ちる。

「たしかに俺はウィスタリアの生まれ変わりをさがしていた。だが身代わりに愛したわけじゃない。

俺が幸せにしたいのはお前自身だ、スカーレット」

「リオハルト様……っ」

抱きよせられて、しがみつくように腕をまわす。私の背を叩いてあやしながら、リオハルト様は小さく息をついた。

「不安にさせて悪かった。……言えば傷つくとわかっていて、俺も避けてしまった。すべてうちあけよう。聞いてくれるか？　俺の懺悔《ざんげ》を」

「はい」

涙を拭い、私はリオハルト様を見上げた。

ウィスタリア様とリオハルト様が出会ったのは、リオハルト様が十歳の年、神殿の鑑定の日のことだったという。

フェルド家の長女であったというウィスタリア様はそのときすでに十三歳で、体が弱く、三年も鑑定が遅れてしまったというフェルド公爵の言葉どおり、年上とは思えないほど小柄だった。

その年の鑑定は、はじめにルーゼン王家のリオハルト様が、ついでフェルド公爵家のウィスタリア様が受け、二人の赤い糸が結ばれた。

これまでもたびたび王妃を輩出してきたフェルド家の令嬢とリオハルト様との婚約を、貴族たちは当然のこととして受け入れた。

「だが俺は、ウィスタリアを愛せなかった」

ぽつりと呟いて、リオハルト様は一度息をついた。柔らかな呼吸が私の髪をくすぐる。

ソファに移動した私は、そこでリオハルト様に抱きかかえられていた。二人で一緒の毛布にくるまって、リオハルト様のお話を聞いている。

「ウィスタリアは不思議な力を持ち、聖女と呼ばれていた。人の病や傷を癒やす力だ。笑顔を絶やさず、身分の違う者にも分け隔てなく接した。……それでも俺は、彼女を疑っていた」

リオハルト様のご両親——ルーゼンフェルドの国王と王妃は結婚当初から不仲で、互いに愛人を囲っているような状況だった。だから正妃の子であるリオハルト様より先に異母兄ブランズ殿下が生まれてしまったのだという。

国政は国王派と王妃派に割れ、貴族たちはこぞって自分の身内を愛人にさしだしていたそうだ。

「そんな両親でも、赤い糸で結ばれていた。俺が生まれたあとは、自分たちは恩寵を受けられると自信たっぷりに浪費して、国の財政は傾きかけていた。ただ赤い糸で結ばれたというだけでなぜそこまで幸福を信じ込めるのか、俺にはわからなかった」

私ごときがそう言ってもいいのかわからないけれども、理解できるような気がした。きっとそれは、私がお義母《カリーナ》様やフェリクス殿下に抱いた恐れと同じもの。

周囲が運命の伴侶と赤い糸で結ばれ、我を失い溺れるように愛しあうのを、リオハルト様は冷静な瞳で見つめていたに違いなかった。

そしてそのことを、リオハルト様は後悔することになる。

「婚約して半年もたたない頃だ。ヴァリア城で開かれた夜会で、ウィスタリアに毒が盛られた。俺の目の前で、ウィスタリアは倒れて血を吐き、冷たくなって――」

私はぎゅっとこぶしを握った。

(なら、やっぱり、あの夢は)

ウィスタリア様の、最期の記憶なのだ。

唇を噛みしめ涙を流すリオハルト様の姿がよみがえる。

「女神の恩寵を信じなかった俺のせいで、ウィスタリアは恩寵を失い、死んでしまった。幼かった俺はそう考えた。俺がウィスタリアを伴侶として受け入れていれば、彼女が死ぬこともなかったのだろうと。……だから、約束した。必ず見つけだすと」

リオハルト様が左手をかざす。小指からは私と同じ、赤い糸が、宙をさまようようにのびてふっつりと途切れている。

私にとって〝糸切れ〟は、身に覚えのない罰だった。

けれどもリオハルト様にとってそれは、ありありと目に見える罰の形だったのだ。

リオハルト様の目が苦しげに細められた。心配した私が手をのばし頬に触れると、リオハルト様の表情が和らぐ。

「……不思議だな。スカーレットに触れていると、心が安らぐ」

「リオハルト様……」

「ウィスタリアも、何かを答えようとしていた。この途切れた糸は、ウィスタリアの願いだと信じていた。だがどうやらそれは違ったようだ」

リオハルト様は小さく息をつく。

翳《かげ》りを帯びた横顔を見上げ、私は毛布の中で両手を握った。

もしかしたら、あの夢は、今このときのためだったのかもしれない。

「〝わたくしのことは忘れて、あなたは幸せになってください〟」

私の言葉に、リオハルト様が顔をあげる。驚きに見開かれた目が私を見つめる。

「それが、最期のお言葉でした」

「……そうか」

私を抱きしめる腕に力がこもった。

「ウィスタリア様は、笑っていらっしゃいましたか？」

「ああ。笑っていた」

ならウィスタリア様の笑顔は、リオハルト様に届いたのだ。

「もう少し、このままでいてくれ」

私は頷いて、リオハルト様の首すじに頭をもたれさせた。

そのまま、二人でじっと身を寄せあっていた。

◆

そろそろと部屋を出たリオハルト様と私の前に立ちはだかったのは、クラウスとパメラだった。

胸に手を当てて服従の姿勢をとっているけれども、ここを通りたくば我らを倒していけ、という無言の圧がすごい。

ちなみに私は、リオハルト様に抱きかかえられている。抵抗したのだけれどもリオハルト様がこの体勢を頑として譲らなかったのでこういうことになった。

「絶対安静と申しあげました」

「治った」

「治った、ですと？」

「ああ、そうだ」

「眩威《グレア》による不調は数日続くはずですが」

「スカーレットに触れていたら治った」

主人に対してしかめ面はできないだろうから、クラウスは真顔だ。対するリオハルト様も、真顔でクラウスを見下ろす。……私を横抱きにしたまま。

（二人のあいだに挟まないでほしい）

パメラが不憫そうに私を見つめている。でも、助けてほしいとは言えない。

リオハルト様の言うとおり、私に触れているとリオハルト様の体調は安定するらしかった。熱っぽかった顔色も落ち着き、今は呼吸も正常だ。私のほうが顔を赤くしてドキドキしている。

私を抱きかかえたまま、有無を言わせぬ視線をクラウスに向け、リオハルト様は宣言した。

「俺は不調だということにしておけ。しばらく王都には戻らん」

「んなっ⁉」

「戻るときにはスカーレットを連れていく」

「んなっ⁉」

「テオドアもだ」

「んなななななっっ⁉」

「スカーレットを正式にエインズ家の籍から外す。ルーゼンフェルドにて新たな姓と一代限りの貴族籍を与え、ルーゼン領主とする。テオドアのほうは、かねてから要望のあった神殿への立ち入り調査をさせる。ただし誰の目にも触れさせてはならない」

目を白黒させて奇妙な声をあげていたクラウスの表情が、す……といつもの紳士に戻る。胸に手を当て、クラウスは頭をさげた。

「承知いたしました」

(指示が具体的になると落ち着くタイプだわ)

それらの指示は、リオハルト様と私で話しあって決めたことだった。

『おおっぴらには口に出さないだろうが、お前が〝糸切れ〟であることは一部の者は知っている。今後もアレクシスのように実力行使に出る者が現れるかもしれぬ。なら、俺のそばにいたほうがいくらかは安全だ』

もとから考えていたことなのだと、リオハルト様はため息をつく。

『この地は伯爵位付きの王家直轄領だ。スカーレットがルーゼン伯爵となれば、そこらの貴族では手出しできまい』

地位を与え、そばに置いて、リオハルト様は私を守ろうとしてくださっている。
不安がないと言えば嘘になる。
それでも、逃げ続ける自分を少しでも変えたいから。
私は、リオハルト様の手をとった。

幕間　リオハルトの一日

午前六時。

ようやく春の近づいてきた、それでもまだ寒々しい薄明かりの中、金の睫毛に縁どられた目がぱちりと開く。

リオハルトが長い金髪をかきまわしながらベッドに身を起こすのと、クラウスとパメラが音もなく入室するのは同時だった。

「今日もよいお目覚めでございますな」

ほほえむ老僕に無言で頷いて、身支度を整えるためベッドをおりる。

クラウスの言うことは正しい。近頃は、夢も見ずにぐっすりと眠ることが増えた。

血塗れのウィスタリアが力なく目を閉じる光景も、ブランズを処刑しろと命じた自分の冷たい声も、泣き崩れる側妃の叫びも、不快な視線を投げながら〝糸切れ〟と囁く貴族たちの醜悪な面も。

慣れてしまった記憶は今さら思い返したところで動揺するわけでもないが、積極的に夢に見たいとも思わない。

パメラに手伝われながら身支度を整えたリオハルトは、最後に金髪を一つにまとめ、椅子に腰をおろした。

「朝食はいかがいたしましょうか」

「そうだな、今日はスカーレットに何を食べさせるか」

顎に指先をあて考える顔つきになったリオハルトに、パメラはじっとりとした視線を向けた。彼が口にする「何を食べさせるか」は、どんな栄養を摂らせようかとか、肉にしようか魚にしようかといった話ではない。文字どおり、どのような食物をスカーレットの口元に運んでやるか、ということなのである。

「……スカーレット様は、お一人でお食事ができるほど回復されたと思いますが」

「ああ。だから昼と夜は別の皿で食べているだろう」

「……」

いつまでも慣れずに真っ赤になりながら「あーん」をされているスカーレットが不憫で、毎朝こうして苦言を呈するものの、リオハルトは気にしない。もともとがやると決めたら成し遂げる人物だった、と主人の美徳を思いだす。

「ライ麦のパンにひよこ豆のスープ……」

宙に視線をさまよわせていたリオハルトがぼそりと呟く。

（スープに浸したパンを食べさせるつもりだわ……）

二十年来仕えてきた主人の意外な嗜好《フェチ》を覗いてしまった気になって、パメラの瞳はどんよりと曇った。鉄壁と言われた笑顔を崩してしまうのは何年ぶりのことだろう。

クラウスは聞こえないふりで、テーブルに書類を置き、インクを補充し、執務の支度をする。

「メインはローストビーフでよろしゅうございますか。昨夜の肉を漬け込んでありますので」

「よい」

「ではそれとつけあわせの野菜を用意いたします」

朝食が決まり、パメラは一礼をしてリオハルトの寝室をあとにした。

執務の補佐をすべく、クラウスがリオハルトの隣に立つ。流れるような夫婦の連携は、それだけの年季を感じさせた。

王都のノルマンから早馬で届けられる書類を、スカーレットが起きる前に処理し、また早馬で送り返す。終わる頃にちょうど朝食の支度がすんで、スカーレットの目覚めの時刻になる。

書類の中にアルメリクからの書状を見つけ、リオハルトは片眉をあげた。

スカーレットの籍はつつがなくルーゼンフェルドへ移ったようだ。アルメリク国王が渋るわけもないから案じてはいなかったが、これで物事が動かしやすくなる。

数日前、アレクシスの訪れに端を発した一連の騒動で、リオハルトとスカーレットはようやく互いの胸の内をうちあけることができた。気づいたはずの想いを口に出せなかったのは、リオハルトにも引け目があったからだ。

だが、もう二人のあいだに隠し事はない。

スカーレットが二度と不安に思うことがないよう、王都へ戻る前にたっぷりと甘やかしてやらなければ。

窓の外には寒さをものともしない鳥たちが囀る。陽光に羽毛をいっぱいに膨らませ、胸を反らす小鳥たちを眺め、のどかな朝だ、とリオハルトは思った。


午前八時。

執務を終わらせたリオハルトは、スカーレットの寝室を訪れる。

忍び込む、といえば聞こえは悪いが、実態はそういうことだ。のぼりきった太陽は透明な日射しをベッドへ投げかけ、スカーレットの赤毛を白い肌に映えさせた。

スカーレットはよく眠る。

はじめのうちは、実家での劣悪な暮らしが彼女の体力を奪ったのだと考えていた。だが、ルーゼン領へきてすでにひと月がたち、髪肌が艶をとり戻した今となっても、スカーレットは成長期の少女のように睡眠をとる。

そんなところも可愛らしい、と思ってしまうのだから恋は盲目だ。

手をのばして頰を撫で、赤毛の毛先をもてあそびながら待っていると、徐々にスカーレットは意識を覚醒させてゆく。

薄くまぶたが開き、何度かぱちぱちと瞬きをして、それから。

「リオハルト様……？」

スカーレットの表情が、ふわりとゆるんだ。

「――……」

不意打ちの笑顔に、思わず手がのびる。

スカーレットを連れ帰ったばかりの自分に教えてやりたいと思った。スカーレットが怖がっていたのは、リオハルトの鋭い目つきでも、冷酷と言われる性格でもなく、いつか愛情を失うことだったのだと。

互いに愛を告げあってから、スカーレットはリオハルトにも笑いかけるようになった。

ぎゅうぎゅうと抱きしめていると、スカーレットが焦った声をあげる。

「リッ、リオハルト様⁉　ほんもの⁉」

「偽物がいてたまるか」

「夢かと思……っ」

「あまり可愛いことを言うな」

真っ赤になったスカーレットの顔じゅうにキスの雨を降らせる。夢に見たいと望まれているのなら、夢の中に入り込んで笑いかけてやりたいくらいだ。

まだ身支度がと慌てるスカーレットを抱えあげ、振り向けば、テーブルの上にはすでに指示した朝食が並んでいて。

　パメラとマリーが不憫なものを見る目で腕の中のスカーレットを見つめていた。

「さあ」

　左腕でスカーレットを支え、右手でスプーンを口元へ運ぶ。ごろりと入った豆が湯気から顔を覗かせて、なんとも食欲をそそる。

　それはスカーレットも同じだったようで、素直に口を開いて味わった。リオハルトもひとさじすくい、まろやかな豆の味を楽しむ。

「おいしいですね」

「ああ」

　笑顔を向けられれば胸はときめく。できるだけこの時間を長引かせたいと願う心は、スカーレットには歓迎されないかもしれないが。


　午前十一時。

　ゆっくりたっぷりと与えた朝食が終わるなり「身支度のお時間ですので！」と部屋を出されてしまったリオハルトは、自室に戻り政務をこなしていた。

　朝食のあいだに追加の書類が、おまけに何倍にもなって飛来していたのだ。

「半分ほどの決裁権限はノルマンに与えたが、それでもここまで書類がくるか」

ため息をつきつつ、目を通し、サインをしていく。中には国王の裁可が必要とは思えないものもある。たとえば神殿に関する費用などは、その重要さからというよりは、国王以外の人間が女神を奉ずる神殿の上に立ってはならないという名誉の重さから、国王のサインしか認められない。

(これこそノルマンにサインをさせたいものだが……)

左手をかざし、リオハルトは目を凝らす。小指の付け根から、赤い糸が浮かびあがる。

その先端はやはりふっつりと途切れていて、花を形作るわけでも、スカーレットのいる部屋にのびるわけでもない。

スカーレットのぬくもりを思いだし、リオハルトは目を閉じた。

悪夢を見なくなったように、赤い糸を眺めることも少なくなった。スカーレットのことを考える時間が多くなったからだ。

(俺も赤い糸にしがみついていたのだな)

前を向いているようでいて、過去に囚われ続けてきたのだろう。

赤い糸で結ばれた伴侶を、愛することができなかったせいで見殺しにしてしまった。そう考えたリオハルトは、テオドアの『ウィスタリア様の魂を引き継ぐ者も、途切れた赤い糸を持って生まれる』という言葉を信じ、その誰かをさがし続けた。

だが、死の間際の記憶をわずかに残していたというスカーレットは、ウィスタリアの真の望みを教えてくれた。

スカーレットはわかっていないだろう——彼女がどれほどリオハルトの心を癒やし、穏やかなものへ変えたのか。

その一方で、今でも時折、スカーレットの表情は曇る。それは自身の左手を見たとき——正確には、左手の小指からのびる、途切れた赤い糸を見たときだ。

気にしないと言ってもすぐに心が切り替わるわけはない。想いあっているのならなおさら、結ばれてさえいればと考えてしまうだろう。

侍女たちの冷たい視線を浴びながらもリオハルトが親鳥のようにスカーレットを甘やかしているのには理由がある。

赤い糸が最も目に入るのが、食事時だ。

だからリオハルトはスカーレットの手から食器を奪い、カトラリーをとりあげて、すこしでも赤い糸を忘れていられるようにする。

……けっして嗜好を満たすためだけではなくて。

控えめなノックの音に思考を遮られて、リオハルトは顔をあげた。また追加の書類かと閉口するリオハルトの耳に届いたのは、想いを馳せていた相手の声。

「リオハルト様、スカーレットです」

そうなると部屋を横切るのすらせわしなくなる自分が我ながらおかしい。

自分でドアを開けたスカーレットは、今日は華やかな印象のオレンジのドレスを着て、髪を結いあげ、手には赤いリボンのかかった小箱を持っていた。

「あの、こちら……以前に地図をいただいたので、そのお礼をと思いまして」

その後の騒ぎで渡しそびれていたのだと、申し訳なさそうに肩をすくめる。

「リオハルト様？」

不安げに見上げられて、我に返ったリオハルトは小箱を受けとった。朝の不意打ちの笑顔といい、今日は想定外の出来事が起きすぎる。

「すまない。……見惚れていた」

素直に告げれば、スカーレットは赤くなって俯いてしまう。

「開けてもいいか？」

「はい」

リボンを解き、小箱の蓋を開ける。中身はわかっているだろうに、思わずといったようにスカーレットも身をのりだした。

クッションに包まれて横たわっていたのは、明るい琥珀を軸に使った万年筆だ。金具には金があしらわれ、それ以外の装飾はないシンプルな造りながら、人目を惹く存在感がある。握り込めば、しっかりとした感触があり、使いやすそうだ。

「ほう、これは……」

感嘆の声を漏らすリオハルトに、スカーレットはぱっと顔を輝かせた。

「気に入っていただけましたか？」

「もちろんだ」

「よかったです。……ふふ」

目を細め、頬を染めて、スカーレットは蕩《とろ》けるような笑顔を見せる。

「なんだ」

「思ったとおり、リオハルト様にお似合いです」

その言葉で、リオハルトは自分の予想が当たっていたことを知る。

金の髪に琥珀色の瞳。そんなリオハルトを想いながら、スカーレットはこの万年筆を選んだのだろう。

ぐらり、と眩暈のような高揚を感じて、リオハルトはスカーレットを腕の中に閉じ込めた。複雑に編まれた髪から甘い花の香りが立ちのぼる。

「俺の言ったことを聞いていたか？」

「えっ」

首元を見せる髪型はスカーレットにしてはめずらしい。戸惑うなじに朱が差すのまで見えて、ため息をつきたい気持ちをぐっとこらえる。

リオハルトのために選んだ贈りものを渡したいから、とスカーレットは言ったのだろう。いつもとは違う装いは、パメラとマリーの本領発揮なのだ。

「あまり可愛いことを言うな、と言っただろう。……我慢が利かなくなる」

「何も、言ってません……っ！」

耳まで真っ赤になって反論するスカーレットの額にキスを落とすと、リオハルトは身を離した。

本当は唇を奪ってしまいたいが確実に止まらなくなるので我慢をしている――ということを、スカーレットはわかっていない。

（まだもう少し、大切に甘やかしてやらなければ）

ぐしゃぐしゃと前髪をかきあげ、リオハルトはベルを鳴らした。すぐに現れたクラウスに、

「俺も支度をする。町へ行くぞ」

そう告げれば、意図を察した従者は「かしこまりました」とジャケットを選び始める。

察していないのは、スカーレットだ。急の外出によろこびながらも、きょとんとした顔つきで、

「どこへ行くのですか」

「食事と、それから、俺にも何か贈らせてくれ」

「え、でもこの万年筆は地図のお礼で……」

「あれは小僧に選ばせたものだ。俺からの贈りものがあれで終わりでは面目《めんぼく》が立たん。――それに」

クラウスの掲げるジャケットに袖を通し、タイを結ばれながら、リオハルトは笑う。

「せっかく恋人となったのだから、デートの一つもしておかなくては」

「こい、びと……」

「そうだろう？」

「……はい」

手をさしだせば、照れに頬を染めながら、スカーレットは手を重ねた。


午後二時。

遅めの昼食を外ですませ、次にリオハルトが向かったのは、城下町の中心部にあるルナリエ宝飾店だった。三階建ての古風な建物である宝飾店は、ルル＝ヴァリアの都市が栄え始めた頃からの古株の店で、五代目支配人マシオ・ルナリエ以下、従業員たちの質もよい。

事前の通達があり、通された三階の一室は人払いがされていた。

赤い絨毯の敷かれた部屋には数々の展示台が置かれ、宝石や宝飾品が飾られている。

「きれい……！」

「お褒めにあずかり光栄です」

思わず声をあげるスカーレットへ、マシオが白髪交じりの頭をさげる。小柄なマシオだが、国王を相手に愛想笑いすら浮かべない、職人気質なところがある。

「ゼイムが城館に大量のドレスを売ったと聞いて半信半疑でしたが……まさか我らが領主様に足をお運びいただける日がくるとは。心からお祝い申しあげます」

皮肉げな物言いに、リオハルトはふんと鼻を鳴らす。ほかの貴族たちのように宝石を集めることもなければ、国王であるがゆえに誰かにおもねろうと贈りものをすることもないリオハルトは、城館へ売り込みがこようとも追い返していた。

それだけに、マシオには、領主の庇護を受けず実力で店をつないできたのだという自負がある。

「今後、領主はこのスカーレットだ」

「然様《さよう》でございますか。では、今一度お見知りおきを」

「はい。あの、よろしくお願いいたします」

「なりません、領主様」

頭をさげようとするスカーレットを、マシオが止める。

「あなた様は胸を張って、無理難題をおっしゃればよろしいのですよ。陛下のように」

「最後の一言は余計だ」

「それで、本日はどのようなご用件でしょうか」

睨まれてもびくともせず、マシオはリオハルトの視線を受け流す。リオハルトもそれ以上追及する気はなく、まだ戸惑った表情のスカーレットを見た。

「スカーレット」

「はい」

「揃いのペンダントを求めようと思っている」

「──……」

顔をあげたスカーレットは、何も答えない。夕日色の目が見開かれてリオハルトを映している。

以前から考えていたことだ。口に出せなかったのは、案外自分に勇気がなかったからで、それを今日実行してしまったのは、スカーレットの万年筆が心を揺さぶったから。

「スカーレットがよければ、だ。無理強いは──」

しない、と言いかけて、自分を見上げるスカーレットの表情がくしゃりと歪むのをリオハルトは見た。涙が落ちる前にハンカチをとりだしたスカーレットは、表情を隠してしまう。

「待て、嫌ならいいんだ。すまない、俺は……」

柄にもなく焦る自分を自覚しながらも、うまい言葉も浮かばずにリオハルトはスカーレットの肩に触れる。その手に手を重ね返し、スカーレットは首を横に振った。

「違うのです。嬉しくて……覚えていてくださったのですね」

「……ああ」

アルメリクの王都を発つとき、スカーレットはとある墓地へ立ちよってくれるように頼んだ。それはスカーレットの母ジェシカの墓のある墓地で、スカーレットは砕けてしまった赤珊瑚のペンダントを埋めた。

そのペンダントが母との唯一の絆だったのだろう。

思い出を塗り替えようなどと厚かましいことは考えない。ただ、自分がそばにいるということを形で示したいと思った。

　ハンカチをおろすと、少しだけ目じりの赤くなったスカーレットの顔が現れた。

「ありがとうございます。……欲しいです、リオハルト様とお揃いのペンダント」

　照れたように笑うスカーレットが可愛すぎて、店の中だというのに思わず抱きしめた。……頬に唇を寄せようとしたところで、マシオの「ごほん！」という咳払いに遮られたけれども。

　本当に偏屈な老人だとリオハルトはため息をつく。

　一方のスカーレットは、リオハルトの腕から解放され、赤い顔で周囲を見まわしていたが、意を決したようにマシオに向きあった。

「あの……マシオ？」

「はい、スカーレット様」

「ルーゼンフェルドのルナリエ宝飾店といえば、大陸一だと聞いています。原石を買い付けるだけでなく、自前の鉱山も持っているこだわりようだと」

　スカーレットの言葉に、マシオの細い目がくるりと丸くなる。

「よくご存じで」

「トマス商会にいる友人が教えてくれたわ。それにパメラからもね、聞いたの。マシオは小さな頃からここで働いていて、職人としての腕も持っているって」

「あのパメラ殿が？」

「だから、私、マシオに教えてもらいたいの……ああ、じゃなくて、えっと、よい宝石の選び方を、教えなさい？」

目を泳がせながら、先ほどマシオに言われたとおりせいいっぱいの強い口調を装って、スカーレットは胸を張る。

「私、どうしても、自分で選びたいの」

「スカーレット様……はい、もちろんでございます。この爺めにお任せくださいませ」

胸に手を当て、マシオは小さな身を屈めた。

午後九時。

夕食を終えてから、しばらく。一般的な貴族たちであれば、夜食でもつまみながらワインを傾けつつ歓談という時間帯であるが、すでに就寝の支度を終えたスカーレットはリオハルトの腕の中で髪を撫でられながら、うつらうつらと舟を漕いでいる。

夢心地のスカーレットはいつもよりずっと無防備で、子どものような笑顔を見せた。

「ペンダント、できあがりが楽しみですね、リオハルト様」

「……そうだな」

だから俺の言ったことがわかっているのかと真顔になるが、おそらくわかっていないので仕方がない。愛されることに怯えていたのと同じだけ、スカーレットは愛されることに無自覚だ。感情の

機微に疎いと自覚しているリオハルトよりも鈍いのはどうかと思う。

リオハルトとスカーレットが注文したのは、金の台座にそれぞれの選んだ宝石を嵌《は》め込んだ揃いのペンダントだ。鎖も細く、目立たないもので、本当にこれでいいのかとマシオは念を押したが、

『肌身離さずつけるにはこんなものだろう』

というリオハルトの言葉に納得した顔になった。

「マシオ、いい人でしたね」

「あれはあれで矜持《きょうじ》がある。腑抜けの貴族よりもよほど」

「私、認めてもらえるでしょうか……勉強しなくちゃ」

「わからないことがあればパメラに聞けばいい」

リオハルトが連れまわしているクラウスに代わって、実質的にルーゼン領の詳細を把握し、取り仕切っているのはパメラだ。

ゼイムも、それからマシオも、今後はスカーレットについてパメラを質問攻めにするだろう。とはいえ鉄壁の笑顔を持つパメラがうっかりスカーレットの情報を漏らしてしまう、などという可能性は皆無だが。

「心配しなくとも、マシオはもう認めているだろうがな」

ルナリエ宝飾店で、スカーレットが自分で選びたいのだと言ったとき。あの偏屈な男の表情がめずらしくゆるんだ。

職人気質なマシオは、品物の価値を真に理解しようとする客が好きだ。〝選ぶ〟という行為に苦手意識を持ち、かつ克服しようとしているスカーレットだからこそ、マシオの心をつかむことができたのだ。

返事がない、と覗き込めば、スカーレットは健やかな寝息を立てていた。

午後十時をまわったところ。

寝入ったスカーレットをベッドへおろし、廊下へ出ると、待ちかまえていたクラウスが無情なる書類の束をさしだしてきた。

「陛下、お仕事です」

思いっきり顔をしかめても、クラウスは動じない。

スカーレットのぬくもりが移り、ぽかぽかと温まった身のうちに体力を持て余しているのは確かだが。

「……まあいい。今日からは楽しみもある」

スカーレットの贈ってくれた万年筆を思いだし、リオハルトは渋面を作りつつも書類を受けとった。あの万年筆が、リオハルトをイメージしたものであることは受けとってすぐにわかった。

（……普通は、逆だろう）

貴族らしい独占欲を示すなら、贈るのは自分にちなんだものだ。相手がいつでも自分を思いだすように。この人は私のものなのだと周囲に宣言するために。あの小箱が赤いリボンで飾られていたのは、ゼイムのせめてもの心遣いだ。

だから、マシオに作らせるペンダントは、揃いのデザインに互いの選んだ宝石を嵌め込むことにした。

スカーレットのペンダントには琥珀を。

リオハルトのペンダントにはガーネットを。

『できあがりが楽しみですね、リオハルト様』

（……そうだな）

スカーレットの笑顔を思いだし、リオハルトは口元に笑みを浮かべた。

赤い糸が結ばれていなくとも、愛しあうことはできる。

第六章

王都ヴァリア城

クラウスが姓や爵位を得るための手続きをすませてくれ、リオハルト様の直裁《ちょくさい》を得て、私はルーゼン伯爵〝スカーレット・クレヴァリー〟と名を変えた。

クレヴァリーは、私のお母様の姓だ。エインズの家とは、これで完全に縁が切れた。

姓と爵位は、リオハルト様なりの答えなのだと思う。一代限りの領主の地位は、後ろ盾のない私を守るためのものでもあるけれど、もし私にその力があるなら自立して生きていくこともできるようにしてくださったのだ。

『この地は伯爵位付きの王家直轄領だ。スカーレットがルーゼン伯爵となれば、そこらの貴族では手出しできまい』

私の髪を撫で、リオハルト様はそう告げた。

私が王都へ行くと決めた理由はもう一つある。

『わたくしさえいなくなれば、あの家はあなたに手出しできない』

夢の中で、ウィスタリア様はそう言った。

（リオハルト様には、危険があった……？）

アレクシス様も、真相が知りたいとおっしゃっていた。

十九年前の事件は、表向き異母兄の処刑と派閥貴族の粛清をもって終わった。けれどもまだ、何かあるのかもしれない。

そのことを告げると、リオハルト様は……ものすごく、嫌そうな顔になった。

『できるだけ俺のそばにいろ』

『はい』

リオハルト様のお言葉に応えながらも、

（何か私にできることがあればいいのに……）

私はそう思わずにはいられなかった。


そうして、王都へ行く、と宣言してから、ひと月後。

私は、ヴァリア城の国王執務室で、リオハルト様の膝の上に座らされていた。

（……なぜ⁉）

おりようとするのだけれど、リオハルト様の腕が私の腰にがっちりとまわされていておりられない。じたばたと暴れてみても無駄だ。

「そばにいろと言っただろう」

「言いましたが、こういう意味とは思いません！」

私たちのやりとりを、宰相のノルマン様がなんともいえない顔で見つめている。

ノルマン様は、ヴァリア城へきた私が初めて会う貴族だ。クラウスによればリオハルト様の右腕といえる存在で、数々の政策を成し遂げてきたらしい。彼の印象を悪くしたくない、と思うのに。

「私はあちらの椅子で」

少し離れたところにクラウスが私のためのテーブルと椅子を用意してくれている。そちらへ移ろうとした私を、リオハルト様はやっぱり放してくれない。

「……そういうことですか、陛下」

私が力を入れてもまったく動かない腕と格闘していたら、ため息とともにそんな声が聞こえて、私は顔をあげた。ノルマン様は困った顔で眼鏡を直す。

「察しがいいな」

リオハルト様の腕が私を包んだ。腰を引きよせられて、願いとは裏腹に体は密着する。

「スカーレットを、俺の婚約者とする。だが、伴侶とは呼ばない」

「――……」

頭上から聞こえた声に、私はリオハルト様を見上げた。

私は胸元のペンダントを握った。リオハルト様と二人で選んだ、揃いのペンダント。金の台座が象るのは芽吹きの双葉。その葉に支えられるようにして、丸く磨きあげた琥珀がある。

ウィスタリア様との過去を聞き、王都に行くと決めたあの日から、リオハルト様が〝伴侶〟という言葉を口にしなくなっていたのは気づいていた。その代わりにリオハルト様は恋人だと言ってくださったのだ。

赤い糸で結ばれていなくても、たとえ運命でなくても、私たちは愛しあうことができるのだと、リオハルト様は示そうとしてくださっている。

けれどもそれが、皆に受け入れられるものでないことは、私もわかっている。

ノルマン様は首を横に振った。

「私は賛成できませんね。陛下にもスカーレット様にもすでに〝糸切れ〟の噂は立っている。少しでもヘマをすれば恩寵大事な貴族連中は陛下を王位から引きずりおろそうとしますよ」

「これまでも俺は伴侶を得ずにやってきた。ルーゼンフェルドは滅んでいない」

「それはそうですが……フェルド家だって納得しないでしょう。公爵閣下がウィスタリア様とのつながりを仄めかすものだから、皆がスカーレット様に伴侶の座を期待している。伴侶という立場なしに味方するとしたら、私のようにあなたに引き立てられた新興貴族たちだけだ」

リオハルト様は眉根をきつく寄せた。

レンズ越しのノルマン様の目が私に向けられて、私はふと気づいた。視線は鋭いけれど、冷たくもない。状況を説明することで、ノルマン様は私の反応を見ているのだ。

貴族も、側近も、私が〝運命の伴侶〟であること――ウィスタリア様の生まれ変わりであることを証明できなければ、受け入れることはないのだと、ノルマン様はそう言っている。

逃げないと、決めたから。俯きそうになる顔をあげて、私はノルマン様を見つめ返した。眼鏡の奥の目は軽い驚きを示して見開かれる。

「……とりあえず今は、聞かなかったことにさせてください。政務の話をしましょう」

眉をあげて肩をすくめ、ノルマン様は執務机に一枚の書類をのせた。飄々《ひょうひょう》とした仕草に重苦しくなっていた空気が晴れたような気がする。これがノルマン様の手腕でもあるのだろう。

「ゲラード子爵およびティンダル男爵の連名で、訴状があがっております」

リオハルト様も表情をゆるめて書類を覗き込む。

「なんだ？」

「アルメリク国の領主が略奪をしかけてきているということです」

「アルメリクが？　……あっ、申し訳ありません」

母国の名に思わず口を挟んでしまい、私は顔を伏せた。リオハルト様に抱きかかえられているせいで、ノルマン様が執務机に置いた訴状までよく見える。

（……あら？）

俯いた視界に覚えのある町の名が飛び込んできて、私は首をかしげた。

（これは……変ね？　この町は、たしか……）

記憶の糸をたぐり、カールの言葉を思いだす。

黙々と訴状を読んでいた私は、お二人の声がしなくなったのに気づいて顔をあげた。ノルマン様の視線は私にそそがれ、振り向けばリオハルト様も私をじっと見下ろしている。

「あの、なんでしょうか……？」

「何かあるのか？」

私が懸命に訴状を読んでいたものだから、気になったようだ。

リオハルト様に問われ、「確証は持てませんが」と前置いてから、私は疑問点を述べた。

「モリオン山を越えてアルメリクの兵が入ってきているとありますが、モリオン山のアルメリク側は石工の町グラニットのある花崗岩の産地で、グラニットの石工ギルドが管理しているはずです。兵がたびたび入るようであればグラニットの町自体に何かあるのかも……？」

「……地形図を」

リオハルト様の膝からおりようとした私はまたたくましい腕に阻まれた。ノルマン様が地形図をとってくださる。

広げた地形図を覗き込み、私は「ここです」と指をさした。

「こちらがグラニットの町です。切り出された石はルーゼンフェルドへも出荷されているはずです」

「たしかに、石切り場があるな」

「それに国境近くまではドミネ街道が通っています。盗賊ならともかく領主が略奪を指揮するなら街道を使うのでは」

「詳しいな」

「あ、はい……」

エインズ家からの出奔を企てていたとき、近隣各国への経路や国境はとくに念入りに調べた。女一人で通るには危険な場所もカールが教えてくれた。その経験が活きたわけだけれど、あまり胸を張って言えることではない。

「アルメリク側の領主による略奪だというのは、兵の規模や装備から判断したそうですが」

顎に手を当て、ノルマン様は目を細める。

「そう聞くと、不審な点がありますね」

「ゲラードやティンダルの取り違え……そうでなければ、狂言の可能性もあるな」

リオハルト様は頬杖をつき、指先で執務机をこつこつと叩く。

「しかし調査すればすぐ露見するような狂言を？」

「……そうだな、調査をすれば露見する。だが調査には人員が必要だ。規模の大きな略奪が発生したとなればこちらも武装が必要になるし、国境を挟んで隣国の領主が相手となれば時間をかけて慎重に調査せざるをえない」

私の頭の上で、リオハルト様とノルマン様が視線を交わす。

「第二騎士団か」

「普段、このような調査は第二騎士団に行わせます。ですが現在の第二騎士団は人身売買組織を追っている」

「こいつらを叩けば埃が出そうだな」

「お任せください」

胸に手を当てるノルマン様に、リオハルト様は頷きを返した。

「ああ、頼んだぞ」

「……陛下、丸くなりましたね」

ノルマン様は一瞬目を丸くして、それから礼をして退室した。

二人きりになった部屋で、リオハルト様と私は顔を見合わせた。

◆

ノルマン様以外の貴族たちには、私は用意されたテーブルから挨拶をすることができた。膝にのせられていたのは、ノルマン様の反論を封じ込めるためだったのだと思う。

丸くなった、というのはノルマン様だけの印象ではないらしい。執務室にやってきた貴族や役人たちがリオハルト様と私のやりとりを見て、

「陛下が、笑った……⁉」

「お言葉が、やさしい……!!」

とうっかりこぼしてしまうのを、私は何度か聞く羽目になった。思わず口を突いて出てしまうということは、それだけ信じ難いことなのだろう。

「どう思う、マリー？」

「いいことですね！」

私の話を聞いたマリーは、大きく頷いてそう言いきった。

「たしかに私も、リオハルト様が笑ったところは見たことがありませんでした！　スカーレット様のおそばにいるときだけですよ」

「……そう、なの？」

「ええ、そうですよ。ぼくもスカーレット様がいらっしゃってから初めて見ました」

私の疑問に頷いたのは、今度はマリーではなくノルマン様だった。

今は、ノルマン様、私、マリーの三人で、ヴァリア城を見学している。リオハルト様はどうしても私を連れていけない視察があるらしく、渋々クラウスと城を出た。

『絶対にマリーと一緒にいるように』と言い渡されたときは子どものような扱いだと思ったものの、私の身を案じてくださっているのだとわかっているから私も素直に頷いた。

そこへ、時間の余ったらしいノルマン様がひょっこりと現れ、ヴァリア城の案内役を買って出た、というわけだった。

（ノルマン様からは、あまりよい印象を持たれていないと思っていたけれど）

そっと窺う私の視線に気づいたノルマン様が苦笑を浮かべる。

「見抜かれましたか。この前のお詫びです。……実はぼくは、リオハルト陛下に妻を斡旋しようとしていたことがありまして」

歩みを止めた私に、ノルマン様は周囲を確認して、ベンチへ腰かけるよう勧めた。ノルマン様の背後でマリーが怖い顔をしているので、（私は大丈夫！）と視線で伝える。

「ウィスタリア様のことはご存じなのですね。アレクシス殿から？」

「はい」

頷くと、ノルマン様は「大変でしたね」といたわりを口にした。

「〝赤い糸〟の信仰は我が国にもあります。ですが、厳格に信仰している貴族はほとんどいないでしょうね。ぼくも含めて、自分に都合がいいから守っているだけです」

「それは……アルメリクでも同じです」

私の言葉にノルマン様は「どこも一緒ですね」と苦笑した。

「リオハルト様には〝糸切れ〟の噂がありました。新しい婚約者をさがそうとせず、神殿にも現れない。ただ、事情を知る貴族は同情的です。それに彼の手腕を見れば、女神の恩寵を失ったとは思えない。リオハルト様に限っては、運命の伴侶でなくとも妻を得ることが可能だとぼくは判断しました」

だから、有力な家の令嬢を口説いては、会わせていたのだとノルマン様は言う。

「結果はまあ、惨敗でしたが」

眼鏡を直し、ノルマン様はため息をついた。

「国内のそれなりの令嬢と結婚してくだされば、貴族らも陛下の赤い糸については口をつぐんだことでしょう。だが陛下はあなたを隣国から連れ帰り、特別に扱っている。あなたが陛下の〝運命の伴侶〟であろうと皆が期待しています」

「はい」

私がリオハルト様の伴侶であれば、ルーゼンフェルドの繁栄は約束されたもの。

「おまけに、ウィスタリア様の父であるダグル・フェルド公爵が、あなたのことをウィスタリア様の生まれ変わりだと言いふらしているようで……」

それは先日、執務室でノルマン様が告げていたことだ。

私たちが〝糸切れ〟なのだと知られたら、よからぬことを企む誰かがそのことを責め立てたら。エインズの家が経営難に陥ったように、ルーゼンフェルドにも混乱が起きるかもしれない。

「……ぼくが言いたかったのは、そういうことです」

ノルマン様は、宰相として、私たちの結婚に反対せざるをえない立場にある。たしかにこの城内観光は、先日の発言と、それから今後に対する、ノルマン様のお詫びなのだろう。

「フェルド家の動きには注意してください」

「お話しくださって、ありがとうございます」

立ちあがり、礼をすると、ノルマン様は困ったような顔になったけれども、ぱちんと手を鳴らして笑顔を見せてくださった。

「さて、どこに行きたいですか？　貴族の子弟や役人が最初に出仕したときには、大回廊や図書室を真っ先に見物に行きますが」

「ではそちらへ、お願いします」

明るい声は、作りものなのかもしれない。でもきっとノルマン様は、リオハルト様を尊敬していらっしゃるのだろう。私にはそう感じられた。


私とマリーはノルマン様のあとについて歩いた。大回廊へたどりつく前にも、ヴァリア城内には様々な見どころがあった。

吹き抜けの大広間では、かつて盛大な晩餐会が行われていたそうだ。

「リオハルト陛下が即位されてからは、国外からのお客様を迎える晩餐会以外、年に一度の新年の祝いしかありませんけどね。お誕生日を祝うのも必要ないとおっしゃって」

「そうなのですか」

大広間に許可なく入ることはできないそうで、薄く開いた扉から覗き込むだけ。

「自分のことはとことん表に出したくない方ですから」

扉を閉め、ノルマン様は少しだけ寂しそうに笑う。

「ああそうだ。こちらの廊下は役人たちの部屋が集まっています。城の財政を管理する部署、国の財政を管理する部署、直轄領を管理する部署など……スカーレット様が領主となられたルーゼン領だけは、陛下が直接管理をされていましたが」

「ここに見える部屋のすべてですか？」

私はノルマン様の示した廊下を覗き込んだ。大広間の奥にある廊下の両側には、大きな扉がいくつも並んでいる。

「ええ。税務周りの管理だけで二百名ほどが働いていますから」

「そんなに？」

「ほとんどが平民の出身ですよ。貴族だけでは細やかな経営ができないだろうからと。各部署で三年ごとの更新制になっていて、試験を実施して新しい役人を雇ったり、配置替えを行います。署長は各部から推薦で——ああ、すみません。ぼくの作った制度なもので」

しゃべりすぎました、とノルマン様が頭をかく。

「いいえ、とても興味深いです」

「そう言っていただけると嬉しいですね。大変だったのですよ。陛下から、貴族によらない体制を作れと言われて」

「貴族に、よらない……」

「もちろん主要職には貴族が就いています。しかしそれだけでは何かあったときに仕事がまわらなくなりますから」

含みのある言葉に私は頷いた。

リオハルト様は、腐敗した政治を一新したという。詳しい内情を私は知らないが、同じ過ちを繰り返さないようにという決意をされたのだろう。

(似ていると思ったけれど、アルメリクとはまったく違うわ)

エインズの家は、赤い糸の相手を選ばず、恩寵を無下にしたという理由で没落しかけた。お母様を選び、私が生まれたせいで役職を解かれたお父様は、カリーナ様やメリッサと暮らし始めたことで復職した。そこに能力の評価はなかった。

「ルーゼンフェルドでは、平民にも出世の道が開かれているのですね」

「はい。そこがぼくの自慢なのですよ。——さあ、つきましたよ」

ニッと笑みを浮かべて、ノルマン様は扉を開いた。

広がる光景に、私は息を呑んだ。

白亜の大理石でできた大回廊は、巨大なアーチ窓とその上部の丸窓から燦然と輝く陽光をいっぱいに浴びて、静かに私たちを待っていた。扉がちっぽけに見えてしまうほど天井は高く、丸みを帯びた屋根には互いに蔓《つる》を絡めあう薔薇の装飾が施されている。

「若い頃のリオハルト陛下もときどき訪れて、瞑想《めいそう》をされていたのですよ。さあどうぞ、お進みください」

ノルマン様にうながされて私は大回廊に一歩を踏みだした。磨き抜かれた大理石は小さく足音を反響させる。

真っ白な装飾と、その向こうに見える青空は、目に眩しいほど濁りなく澄んでいて。

言葉を発することができず、私はただ黙って眼前の光景を見つめ続けた。

◆

夕食時――私はなぜかまた、リオハルト様の膝の上にのせられていた。

「最近は控えていたではありませんか⁉」

「最近は控えていたからだ」

私の肩に頭をのせ、リオハルト様は長いため息をつく。

「今日は疲れた。……スカーレットに触れていると安らぐと言っただろう」

そう言われてしまってはそれ以上抵抗することはできず、私はおとなしくされるがままになった。

ヴァリア城へきてからも、私は想像よりずっと穏やかな暮らしをしていた。それは、リオハルト様が時間の許す限り私をそばに置いているからだ。廊下などを歩いているとときどき貴族の方々とすれ違うこともあるのだけれど、皆どうしてよいかわからないといった顔で視線を逸らして通りすぎてしまう。

『リオハルト陛下の本気は伝わったでしょうからね。よほどの高位貴族でなければ国王から睨まれる危険をおかしてスカーレット様にちょっかいを出そうとは思わないでしょう』

ノルマン様もそうおっしゃっていたし、おいそれと話しかけられないだろう、とマリーも同意していた。

リオハルト様は政務をこなしながら、私にも気を配ってくださっている。

「お疲れ様でした」

私はリオハルト様のお顔を覗き込んだ。

(たしかに、いつもより覇気がないわ)

と思ったのに、リオハルト様の両腕がぐっと私を抱きしめた。細められた目の奥に獰猛な光を感じて、反射的に身を引きそうになる。もちろん、リオハルト様の腕に阻まれ、それは叶わない。

「俺に怯えなくなったな」

にんまりと笑うリオハルト様に髪を撫でられて、私は赤くなる。

それは、私が自分の気持ちと向きあったからもあるけれど、一番はリオハルト様に愛されている実感が湧いてきたからだ。

「スカーレット」

こうして名前を呼んで、抱きしめて、顔中にキスを降らせて……ここまでされて、どうして身代わりだなどと思ったのか不思議になってしまうくらい、リオハルト様の態度は変わらず甘い。

さすがにいたたまれなくなって顔をそむけても、顎をとられてまたリオハルト様のほうに顔を向けられた。

「あ、あの、リオハルト様――」

「あのう、給仕してもよろしいでしょうか？」

（ありがとうマリー！）

私の言えなかったことを、マリーがかわりに言ってくれた。私は心の中で感謝の叫びをあげる。口に出してしまうとリオハルト様が拗ねてしまうこと請けあいのため、視線と目力で伝えた。マリーもこっそりとウインクしてくれる。

「ああ、頼む」

リオハルト様が頷いたので、私の顔はやっと解放された。体は膝の上から解放されなかった。

配膳をすませると、私の心のオアシス・マリーはさがり、私はリオハルト様と二人きりになった。

リオハルト様は料理を切り分け、私の口に入れてくださる。

「今日は大回廊に行ったのだろう？」

「マリーに聞いたのですか」

「マリーにはすべてを報告するように命じてあるからな。それからノルマンのやつも、わざわざ報告しにきた」

（ノルマン様……）

「スカーレットといたことがほかの人間から俺の耳に入れば雷を落とされると思ったのだろう。正しい判断だな」

そつなく細やかな宰相閣下の人知れぬ苦労に、私はパテをのせたパンを口に入れてもらいながら、つい思いを馳せてしまった。

「どうだった？」

「とても美しかったです。図書室の内装も素敵でした。ルーゼン領にも図書室はありましたが、あんなにたくさん本を見たのは初めてです。大回廊も怖いくらい美しくて……」

そこまで思いだして、私はふと口をつぐんだ。

「リオハルト様」

「うん？」

「今度は、リオハルト様と一緒に見たいです」

荘厳な景色を見て、心に浮かんだのはリオハルト様だった。

私はとても感動したけれど、リオハルト様の瞳にこの大回廊はどう映っていたのだろうかと、そう考えたら切なくなってしまったのだ。

私の言葉にリオハルト様は野菜を切り分けていた手を止めた。

「……食事中でなければ、部屋に連れ込んだものを」

（食事中でよかった！）

私は胸を撫でおろした。もちろん、心の中で。

美しい景色を感傷的に眺めてしまったのは、きっとノルマン様が説明してくれた人材登用の制度のせいだ。すばらしい制度だったけれども、作れと命じたリオハルト様のお心がわかってしまったような気がして。

自分がいなくなっても、国が揺れないように。

リオハルト様はそう思ってあの制度を作らせたのではないかと、勘繰《かんぐ》ってしまったから。あれは、赤い糸を信じられなかったリオハルト様だからこそ作りあげられたもの。

寂しい気持ちになりかけて、私は首を振った。

「リオハルト様は、視察でしたね」

「ああ、神殿へ行ってきた」

「神殿へ？」

「クラウスと、鍵を作りにな」

「鍵……？」

「神殿の鍵だ」

事もなげにリオハルト様は答える。

「俺が神官の注目を引いているあいだにクラウスが型をとってきた。これで合鍵が作れる」

「合鍵……」

「テオドアを連れてきただろう」

そこまで聞いて、ようやく私にもわかった。

王都の神殿で平民の鑑定ができれば、と言っていたテオドア。今回の王都行きにテオドアを連れてきたのは、彼の願いを叶えるため。

「マリーを護衛につけて、テオドアに神殿を調べさせる」

「そんな無茶を……っ」

思わず声を荒げかけた口に、ミートパイの欠片がさし入れられる。パイ生地の外側はサクサク、内側はもちもち、フィリングは牛肉を小さな角切りにしたもので、噛みしめるとじゅわっと肉汁があふれだす。

「危険はあいつらも承知の上だ。……というか二人ともなぜか顔を輝かせて即諾だった」

「……」

それはたぶん、テオドアは研究が進むのが嬉しくて、マリーはテオドアと一緒にいられるのが嬉しいのだ。

「スカーレットのためにもやりたい、と言っていた」

「……はい」

頭を撫でられて、私は頷いた。

〝糸切れ〟についての仮説を持っているとテオドアは言っていた。なぜリオハルト様と私が〝糸切れ〟になったのか……そしてまた、なぜ〝糸切れ〟の状態を変えられないのかが解明されれば、貴族たちも納得するかもしれない。

それに、目を凝らさなくとも見えるようになった赤い糸に、精神的な負担を覚えてしまっているのも否定できない。

言っていないけれども、左手の小指に目を留める回数は増えてしまっている。リオハルト様もマリーも、私を心配してくれているのだ。

(私は、何ができるのかしら)

「最後はデザートだぞ」

楽しそうに唇をたわめるリオハルト様の顔を見上げ、お役に立てることがあればいいのに、と私は思った。

◆◇◆

広大な敷地を持つヴァリア城の周囲には、大陸一の都市と呼ばれるにふさわしい城下町が広がっている。とくに城の中央正門から放射状にのびる大通りにはそれぞれ王城にちなんだ名がつけられ、多くの商店が軒を争う。

私たちはそのうちの一つ、図書館《ビブリオ》通りにいた。

ルル＝ヴァリアの町よりも賑わう王都に、本当ならば目を輝かせたいところなのだけれども。

私に寄り添い、しっかりと腰を抱きよせているリオハルト様の存在が、それを許してくれない。

「そばにいろと言っただろう」

そろりとリオハルト様を見上げると、有無を言わさぬ声色が返ってきた。

「そう……ですね」

今回の件については、反論ができない。

そもそもの発端は、クラウスが複製した神殿の鍵をテオドアに渡しにいく、という話だった。

『では私が！』

と勢いよく手をあげたマリーにつられて、

『マリーが行くなら私も行きたいわ』

と手をあげてしまったのがよくなかった。

『たまには外に出るのもいいだろう』

と頷いてくださったリオハルト様は、ついでクラウスを向き、

『スカーレットがいくなら俺も行く』

と宣言した。

おかげで、現在の布陣に……つまり、ルル＝ヴァリアのときと同じように、地味な服装に着替えたリオハルト様と私、その後ろから距離をたもって護衛の目を光らせているクラウスとマリー、ということになってしまった。

クラウスもマリーも平静を装っているけれど、どことなくひきつった顔をしている。

『母さんの大掃除がすんでいない町を歩くと、とっても怒られるんです……！』

と青ざめていたマリーを思いだし、私は不用意な一言を反省した。

リオハルト様は少しくらい町が散らかっていても気にされないと思うし、私も気にしないのだけれど、従者としては主人の視界にごみが映るのはよろしくないのだろうか。

（こうなったら早くテオドアに鍵を渡して、ヴァリア城へ戻らないと）

そう思うのに、視線はついつい店先に飾られた品物を見てしまう。

通りに面したガラスケースにはクッションが敷かれ、宝石をちりばめた髪飾りが収められている。

「買うのか？」

「あっ、いいえ……！」

リオハルト様に覗き込まれ、私は慌てて首を振り、店から離れる。

「申し訳ありません、リオハルト様がお外にいると知られてはよくないですよね」

護衛はクラウスとマリーだけだ。国王陛下が町を歩いているなんて通行人が気づいたら、騒ぎになってしまう。

けれど、私の言葉にリオハルト様は肩をすくめた。

「こんな格好の国王に気づく者はいない。式典では遠すぎて顔は見えんだろうしな」

ふ、と口元をゆるめ、リオハルト様は私の頬に口づけを落とす。

「！」

「俺《おれ》としては、スカーレットとの外出を楽しみたいが？」

離れたところできゃあっと声があがった。視線を移せば、焦った顔で通りすぎていく少女たちがいた。今のキスを見られてしまったようだ。赤くなった頬を押さえて口をぱくぱくとさせる私には、リオハルト様の行動を咎めることはできなかった。

たしかに、すれ違うご婦人方もリオハルト様の美貌に見惚れているけれども、それが国王陛下だとは気づかずに「どこの劇団の方かしら……」と呟いている。

「ルーゼン領のほうが領主としての顔は売れているからな」

「でもそう言っているうちに、知りあいに会うかも……」

弱々しくながら、私が反論したときだった。

「スカーレット様！」

「あら、カールじゃない」

聞き覚えのある声とともに、栗鼠のような頭がぴょんと目の前に飛びだしてくる。と思う間に、カールは地面に額をつけそうな勢いで深々と頭をさげた。

「先日は申し訳ありませんでした！」

周囲の視線を集めるのではないかと、私は慌てて手を振った。

「いいのよ、早く顔をあげてちょうだい」

「ありがとうございます！　スカーレット様も、ついに王都にいらっしゃったのですね！　今日は
どんなご用事で——ギャアッ！」

ぱっと表情を輝かせて私を見上げたカールは、私の隣で鋭い視線を向けるリオハルト様に気づいて悲鳴をあげた。私よりも小さいカールの目線では、背の高いリオハルト様は視界に入っていなかったようだ。

「王都の案内ならまにあっている」

申し出を口にする前に断られて、カールはしょんぼりと肩を落とした。ルーゼン領の市で出会ったときと同じく、これがお忍びの外出だと気づいたのだ。

「はい……では、失礼しました」

「待って、カール」

哀愁ただよう背中を丸めて去ろうとするカールを、私は呼び止めた。

リオハルト様を振り返り、声をひそめる。

「あの、先日の件をカールに尋ねてみてもよいでしょうか」

私の問いにリオハルト様は片眉をあげた。

「……そうだな」

先日の件というのは、ノルマン様がおっしゃっていたゲラード子爵領およびティンダル男爵領での略奪のことだ。

カールの所属する商隊はアルメリクへ行く。ドミネ街道を通り、グラニットに近い都市にも寄るから、そういったことがあれば情報はすぐに入ってくるはずだ。

「アルメリクとの国境沿いで、略奪が起きているという話を聞いたのだけれど……」

詳しいことは伏せて事情を説明すると、カールは訝しげに首を振った。

「略奪……？　いいえ、噂は聞きません。平和なもんだと思いますが」

「ふむ……」

リオハルト様も考える顔つきになる。

「なるほどな。商会の連中なら各地の情勢に詳しい。とくにトラブルには敏感だ。情報の信憑性は高いとみていいだろう。――おい」

カールを見下ろし、リオハルト様は腕組みをした。鋭い視線に、カールはぴっと背すじをのばし、直立不動《きをつけ》の姿勢をとる。

「ゼイムも王都にきているのか？」

「ええ、はい」

「なら明日ヴァリア城へくるように言え」

「承知しました」

「スカーレットにも関わることだ」

背中を屈め、わざわざカールに目線をあわせたリオハルト様が、ぼそりと呟く。

「頼んだぞ」

「承知しました！」

その表情は一見険しいものだけれども、国王直々に激励されたのだ。カールの頬が紅潮する。

こぶしを振りあげんばかりのカールを眺めてから、リオハルト様は今度は私に向きあった。

「商会を使うことは考えつかなかった。訴状への指摘といい、働きに感謝する」

「リオハルト様……」

これは、普段の私を甘やかすリオハルト様ではなく、国王としてのリオハルト様のお言葉だ。

「あの、もったいないお言葉です」

私も臣下としての礼をとる。

（お役に立てそう、なのかしら）

そうであればいいと、私は願った。

カールと別れ、リオハルト様は私を連れて、大通りに交わる細い通りへと入っていった。こうした通りにも店はあるが大通りほど賑やかなものではなく、住居もまじる。そこからさらに路地へと足を踏み入れると、人の気配はほとんどない。

そのうちの一つの建物へ、私たちは入った。私たちのあとしばらくしてから、クラウスとマリーもやってきた。

「周囲に人目はありませんでした」

クラウスの報告に頷き、リオハルト様は奥へと進む。広いが、しばらく使われていなかったと思われる建物だ。窓ガラスには罅が入っているか、すでにガラスのない窓にはおざなりに板が打ちつけられている。隙間から雨風が入り込むのだろう、床はところどころ変色して、腐りかけていた。廊下は埃っぽく、いくつかある部屋に人の住んでいる気配はない。テーブルや椅子が雑然と壁際に積まれている部屋もある。

つきあたりのドアを開けたところに、テオドアの姿があった。あいかわらずのよれた襟に、癖のある緑の髪がかかっている。

「こんにちは、陛下」

リオハルト様の顔を見ても怯んだ様子もなく、テオドアはへらりと笑う。

「数年ぶりですかね」

「ああ」

リオハルト様はどこか不機嫌そうに腕組みをしたまま応えたが、テオドアはやはり気にしていないようだ。

「スカーレット様も、クラウスさんも、お久しぶりです」

私とクラウスにも頭をさげたあと、マリーに右手をさしだした。

「マリー、今回はよろしくね」

「うん」

手を握り返しながら顔を赤くするマリーと、そんな彼女をにこにこと見つめるテオドア。

マリーいわく、ルーゼン領では数日おきにあの小屋へマリーが食料を運んでいたらしい。放っておくとテオドアは食事を抜いてしまうので、調理の簡単な食材を選んだり、たまにはマリーが作ってあげたりしていたとか。

『うう……その、自分でもテオドアがかっこいいかと言われると、なんでこの人を……って思うんですけど、これまで出会ったことのない人柄に惹かれてしまったと言いますか、面倒見てあげないと死んじゃいそうなところが気になると言いますか……』

マリーとお茶会をしたときにテオドアのどこが好きなのかと尋ねたら、ものすごく困った顔でそう言っていた。

王都へきてからのマリーは私のそばを離れなくなったため、そういった役目は別の人にお願いをしていたそうで、今日は半月ぶりほどに顔をあわせたことになる。マリーが照れているのはそのせいだろう。

（そういえば、クラウスはマリーの想いを知っているのかしら……？）

不意に浮かんだ疑問に私は硬直した。

もしマリーとテオドアが結ばれたら、テオドアはクラウスとパメラの義理の息子になるのだ。

「……スカーレット。そんなことは心配しても仕方がないぞ」

リオハルト様が私だけに聞こえるよう、小声で囁いた。

「ど、どうしてわかったのですか」

「顔に出ている」

そうは言われても、どうやって隠せばいいのかわからない。こわばる口元を押さえながら、私はクラウスからテオドアへ鍵が手渡されるのをはらはらと見守った。

「こちらが神殿の鍵の複製です」

「ありがとう、クラウスさん」

「新月の夜、神殿は清めのために人払いをします。決行はその夜に。……マリーに護衛をさせますが、どうぞ無茶はなさいませんよう」

淡々と告げる声色からは、クラウスの感情は読みとれない。マリーのように気やすい態度ではないのは、貴族だった頃のテオドアを知っているせいなのか、（お前を息子とは認めん）という無言の圧力なのか……。

悩む私の前で、鍵を受けとったテオドアは、「お願いがあるのですが」と切りだした。

◆

部屋に二人、リオハルトはテオドアと向かいあっていた。

『リオハルト陛下とお話ししたい』とテオドアが望んだから、ほかの三人は隣の部屋へ移った。

彼らが閉めたドアは風を起こし、床の埃が舞いあがる。ルーゼン領でよりも劣悪な環境に顔をしかめると、テオドアは面白そうに笑った。

昔からよく笑うやつだった、とリオハルトは思いだす。野生のシカに触れようとして蹴り飛ばされたこともあったし、野犬に咬みつかれたこともあった。敵意を剝きだしにするリオハルトをいつもにこにことゆるんだ表情で追いかけまわしていた。

王宮に参上しても除け者にされ、幸福とは言い難い暮らしの末に濡れ衣を着せられて、人知れず狭い小屋に閉じ込められている。テオドアの母ですら、彼が生きていることを知らない。

「ぼくは十分に幸せですよ」

リオハルトの内心を読んだかのように、モノクルを押しあげ、テオドアはまた笑う。

「あなたに命を救われて、研究に没頭できたし、マリーとも出会えた」

テオドアは腕をあげ、リオハルトの肩を叩いた。

「だから次はあなたが幸せになる手伝いをしたいと思いましてね」

赤い糸は、女神のもたらす神秘の恩寵ではない。理由づけのできる魔術であるはずだとテオドアは考え、実際に彼の立てた仮説はリオハルトとスカーレットをめぐりあわせた。

リオハルトは左手をかざした。赤い糸はあいかわらず途切れている。スカーレットの糸もそうだ。

互いの気持ちには決着をつけても、貴族連中は納得しない。

スカーレットとの穏やかな未来を手に入れるためには、赤い糸の解明が必要だ。

「頼んだぞ」

「ええ、お任せください」

「――」

リオハルトは名を呼んだ。テオドアという偽名ではなく、失われた彼の本当の名を。

きょとんと顔をあげ、テオドアはまだしかめ面をしているリオハルトを見た。そんなことを言う人物ではなかったのに、スカーレットはよほど彼を変えたらしいと驚く。

「礼を言う」

(いや、変わったのは二人ともか)

マリーに連れられてやってきたときのスカーレットは怯えた顔で、自分の左手を隠す仕草をとっていた。それが今日、リオハルトと並んでやってきた彼女は、くるくると表情を変えていて。

「丸くなったねえ」

「……もう言わん」

拗ねたように告げるリオハルトに思わず破顔したら、眉間の皺はますます深くなってしまった。

◆◆◆

日差しが柔らかく頬を撫でる。毛布にくるまっていた体に熱がこもり、肌が汗ばんでくる。誰かが暖炉に薪をくべたのだろうかと身を起こして、メリッサはがらんとした寝室を見まわした。

エインズ伯爵邸は、昔日の賑わいを失い、しんと静まり返ってメリッサを閉じ込めていた。

ぼんやりとした頭で、ただ王都に春が訪れただけなのだと理解する。

毛布を落として立ちあがり、メリッサはベッドからおりた。

お母様はどこかへ行ってしまった。

お父様もどこかへ行ってしまった。

使用人たちもどこかへ行ってしまった。

メリッサだけが、エインズ伯爵邸に一人、取り残されている。

（でも大丈夫。あたしはフェリクス殿下と赤い糸で結ばれているんだもの。王家に女神の恩寵をもたらすのよ）

食事は日に一度、王家の使者が持ってくる。豪勢とは言い難いのは仕方のないことなのだろう。

メリッサの敵を討とうと、フェリクスは異母姉《スカーレット》に迫り、ルーゼンフェルドの国王を怒らせてしまった。

メリッサとフェリクスは、見せしめのように謹慎を言い渡されている。

（悪いのはお姉様なのに。——可哀想なフェリクス様。可哀想なあたし）

冷たくなった食事を一人でとり、メリッサは玄関ホールへ出た。

片づける者のいない屋敷で、メイナードからの贈りものがあの日とほとんど変わらぬままに並んでいる。

「今日はこれにしましょう」

薄く積もった埃を払い、一着のドレスと、エメラルドと金でできた首飾りを選ぶ。

「お母様のドレスは着られないのがもったいないわね。売ることもできないし」

侍女がいないせいで、ドレスの着付けは自分でしなければならない。もちろんうまくはできないのだが、鏡を覗くメリッサの目には、すでに現実は映っていない。

かつての異母姉のように痩せ衰えた手も、艶を失ったピンクブロンドの髪も、メリッサにはもとのまま、可憐で愛らしい自分の姿が見えている。

「……あら？」

衣装室へ向かおうとして、メリッサは足を止めた。

宝石箱の上に、昨日まではなかったはずの封筒がある。真っ白な封筒は封蠟で閉じられていて、けれどもそこに紋章はない。ただののっぺりとした蠟が不格好に固まっているだけだった。

「何かしら」

躊躇なく封蠟を剝がすと、メリッサは中を覗き込んだ。数枚の紙には文字が綴られていて、やはり手紙であるらしい。

「……これ……！」

興味なさげに文字を追っていた目が、やがて爛々《らんらん》と輝いてゆく。貪るように手紙の文字を読み耽る。

「そう……そういうことだったのね……」

罅割れた唇から冷えた声が落ちた。

「だから、お姉様はリオハルト様と……そしてあたしがこうなったのも……フェリクス様も……」

ぶつぶつと呟きを漏らしながら、メリッサは屋敷の奥へと消えた。

◆

煌びやかに飾りつけられた王宮の一室で、フェリクスは令嬢の肩を抱きよせた。豊満な肉体を持つ彼女は、近頃のフェリクスのお気に入りだ。

「君と〝赤い糸〟が結ばれていないなんて、本当に残念だよ、ルーシー」

「わたくしもですわ、フェリクス殿下」

ルーシーと呼ばれた令嬢は、フェリクスにしなだれかかり、婀娜《あだ》っぽく笑う。

「お可哀想なフェリクス殿下。運命の伴侶だと信じた相手がまさか、公爵閣下……いえ、メイナードと情を通じていらしたなんて」

「やはりあの家は呪われていたのだ。俺も危うく誑《たぶら》かされてしまうところだった」

エインズ家の屋敷の地下室でメイナードとメリッサが捕縛されたと聞いたとき、フェリクスはスカーレットが罠を仕掛けたのだと思った。スカーレットを運命の伴侶と宣言したリオハルトは〝糸切れ〟の噂のあった人物だ。女神に見捨てられた者どうし手を組んで、アルメリクの国政を揺らしにきたに違いないと、そう思い込んだフェリクスはスカーレットに手をかけた。

今から考えれば、あのときの自分はどうかしていた。

結局メイナードは処刑され、エインズ伯爵夫妻は申し開きをすることもなく夜逃げ同然に家を捨挙句の果てにはメイナードに嫁いだスカーレットではなく、メリッサのほうに密通の噂が立つ始末。

一人残され現実を直視できないメリッサを、王家は仕方なく飼い殺しにしている。

フェリクスとメリッサの赤い糸が結ばれたとき、咲いた花の文様は神官が「これまでに見たことがありませぬ」とお墨付きを与えたほどに大きく、美しく輝いていた。

（メリッサの恩寵があれば、兄上を押しのけることもできるかと思ったが……）

リオハルトに楯突いてしまった以上、自分も飼い殺しにされるしかない。こうして側妾でも囲いながらのらりくらりと生きていくしか。それを理解して受け入れているだけ、自分はメリッサよりも冷静に状況を判断しているのだ。

ウェーブがかった髪を絡めるように柔らかな体が押しつけられて、フェリクスは我に返った。

「おいおい、ルーシー……」

昼間から大胆なことだと苦笑し、口づけを与えようと振り向いたフェリクスの表情が凍りついたようになる。

濃い化粧を施した令嬢の目は恐怖に開かれたまま、宙をさまよっている。苦しげなうめき声がふつふつと漏れる唇から顎にかけて、紅が乱れて血のように赤く染まっていた。

フェリクスと彼女を見下ろして立つのは、エインズ家に軟禁されているはずの婚約者。

「メ、メリッサ!?　なぜここに!?」

「あら、我が家にも裏口はありますもの。それに、何かあったときのために王宮にもたくさん抜け道があるって、フェリクス様が教えてくださったんじゃありませんか。正式な約束のない日でも、どうしてもあたしに会いたいからって……」

小首をかしげて笑うメリッサは、話に聞いていたような酷い有様ではなかった。艶やかなピンクブロンドの髪も、可愛らしい顔立ちも、フェリクスを魅了する瞳も以前のまま。

ただ、自分で着付けたのだろうドレスだけは、膨らんだ肩袖が落ちそうになっている。

「──フェリクス様」

自分を呼ぶ声が耳に届いた途端、恐怖が這いあがってきて心臓に絡まる。指先一本まで動かせない重圧に、フェリクスは喉を喘《あえ》がせた。

(息が……できな……)

はくはくと唇を震わせてみても、助けを呼ぶための声は出ない。

ときどき癇癪を起こしたメリッサが侍女に向けて眩威《グレア》を使うのを見たことはあったし、フェリクスの使う眩威《グレア》よりも強力だったのは知っている。

だが、ここまでではなかったはずだ。

「あたし、知りませんでしたの。自分にこんな力があるなんて。親切な方が教えてくれましたの」

うっとりと唇をたゆませながら、メリッサは胸元からナイフをとりだした。革の鞘から抜けば、小指ほどの刃は光を反射して銀に光る。袖が落ちそうになっていたのは重みのせいだったのだとうでもいいことに気づく。

見開いた視界には、フェリクスとメリッサを結ぶ〝赤い糸〟。

その糸を断ち切るようにナイフを振りあげるメリッサ。

「あたしの本当の〝運命の伴侶〟は、フェリクス殿下ではございませんでしたの」

(何を……メリッサ……)

「だから女神の怒りを買ってしまったのですわ……間違った相手と結ばれようとしていたから」

刃が落ちる。

肉を裂かれる痛みが、フェリクスを襲った。

「あたしの本当の〝運命の伴侶〟は――」

叫び声をあげることもできず、意識は暗闇に沈む。

「あんたなんかじゃなくて、リオハルト様なの」

鈴の音のような囁きが、鼓膜をくすぐった。

◆◆◆

大広間は賑わいに満ちていた。大回廊の大理石とは違って木目細工の床には複雑な文様《パターン》が表現され、貴婦人が歩くたびに揺れるドレスの裾は水面に揺蕩《たゆた》う花びらのよう。髪や衣装を飾る宝石がきらきらと輝く。

壁際にはテーブルが置かれ、ドリンクや料理が並べられていた。別の一角では楽団が音楽を奏で、人々の語りあう声が溶け込む。

そんな様子を二階のカーテンの隙間から覗き見て、私は緊張に細く息を吐いた。

今日は、ノルマン様が主催した、私のお披露目の夜会。とはいっても、あくまでルーゼン伯爵として新たにこの国の貴族となった私を紹介する、という名目だ。

貴族たちに負けじとリオハルト様も私も着飾っている。

(リオハルト様はとても似合っていらっしゃるけれど……)

皺一つない真っ白なシャツに濃紺《ネイビー》のタイとジャケットをあわせたリオハルト様は、金糸でされた襟元の縫いとりが肩に流した金髪と相まって、それこそ輝くようだった。

対して私は、落ち着いたブルーの生地に、真珠とメレダイヤをふんだんにあしらった刺繍入りのドレス。マシオとゼイムが――ということは、ルナリエ宝飾店とトマス商会が、試行錯誤して作ってくれたドレスだそう。

(美しいけれど、私に似合っているのかしら……)

ドキドキと胸を震わせていたら、リオハルト様に顎をとられた。手袋の柔らかな感触が肌をくすぐった。今日は私も、手袋をつけている。

琥珀色の瞳が私の顔を覗き込む。

「綺麗だ。ほかの者の目に触れさせたくないくらいに」

「……！」

「まったく、ノルマンも面倒なことをさせる。……いやそれを言うならダグルか」

赤くなった私を解放し、リオハルト様は小さくため息をついた。

「できればこの場にはきたくなかったが」

眉を寄せるリオハルト様に、私は首をかしげた。

顔見せの夜会を提案したのはノルマン様だ。リオハルト様は私が慣れるまでそっとしておくつもりだったそうだが、私がウィスタリア様の生まれ変わりであり、リオハルト様と赤い糸で結ばれているという噂が想像以上に広まっているらしい。

『隠し続けるよりは、一度表に出してしまったほうがよいでしょう。もちろん〝赤い糸〟には触れません。あくまでスカーレット様の叙任《じょにん》の披露目です』

憶測が飛び交うよりはよいだろうというノルマン様の意見には私も賛成だった。

ノックの音がして、話題にあがったばかりのノルマン様が顔を覗かせる。

「揃いました。お出ましください」

ノルマン様も今日は髪をきっちりと撫でつけた正装だ。リオハルト様からさしだされた手に手を重ね、深呼吸を一つすると、私は頷いた。


大広間の二階の扉が開く。集まった貴族が私たちを仰ぎ見た。

優秀でありながら人嫌いで、政務以外ではめったに人前に姿を現さない若き国王リオハルト様と、そのリオハルト様が隣国から連れ帰った私。二人が揃って顔を見せるのだから、今日の夜会が穏やかにすむはずがなかった。

好奇心、畏怖、猜疑、媚び——向けられる視線を、私は顔をあげて受けとめた。

（……意外と……怖くないわ……？）

赤絨毯の敷かれた大階段を、リオハルト様に手をとられながらおりてゆく。

心臓は早鐘を叩いたように打っているけれども、ドレスのスカートに隠れて、膝は震えているけれども。

耐えられずに広間を出てしまったアルメリクでのような恐怖はなかった。

リオハルト様が私を気遣う視線を向ける。琥珀色の瞳が煌めいて、私の目を奪う。

怖くないのは、リオハルト様がいてくださるからだ。

重ねた手からあたたかいものが流れ込んで、全身を満たしてくれているようだった。

「リオハルト・ルーゼン国王陛下、スカーレット・クレヴァリー＝ルーゼン伯爵のおなりです」

ノルマン様が名を告げると、貴族たちは服従を示して最敬礼をとった。

私も手を引くと、無言でリオハルト様に頭をさげた。

今の私は、伴侶ではなく、リオハルト様に忠誠を誓う臣下の一人。

「面をあげろ」

衣擦れの音がして、ふたたび視線が私たちに集中する。

「このたび、ここにいるスカーレット・クレヴァリーをルーゼン伯爵に叙任した。知ってのとおり、ルーゼン領は俺の生まれ故郷でもある直轄領だ。まずは見守ってやってくれ」

リオハルト様のお言葉に貴族たちは拍手で答える。

「栄えあるルーゼンフェルド王国の一角を担う者として、努めてまいります。どうぞ、よろしくお願いいたします」

私はスカートの裾を持ちあげ、膝を折って礼をした。

短い挨拶はリオハルト様の意図をよく伝えただろう。〝伴侶〟とは呼ばないが、〝生まれ故郷〟の爵位を認めたことで、私がリオハルト様の特別な存在であることを、〝見守って〟という言葉の裏には、手出しは無用という言外の威圧を。

なんにせよ、私への態度が示されたことで、貴族たちの表情からも緊張が減った。ふっと空気がゆるみ、大広間は夜会の空気へと移行する。私から視線を逸らし、顔見知りの貴族へ挨拶に向かう者、お酒や食事をとりに向かう者など、人の波が生まれる。

そんな中で、私へ向かって近づく人影があった。

すらりとしたシルエットと鋭い鳶色の視線は、見覚えのある人物のもの。

(アレクシス様——)

ルーゼン領にいた私のもとへ強引な手を使ってたどりつき、私にウィスタリア様の存在を知らせた方。

顔がこわばらないように笑みを浮かべ、私はアレクシス様に相対しようとした。

「お初にお目にかかります、スカーレット・クレヴァアリー様」

けれども、アレクシス様より先に私の前に立ったのは、彼とは対照的な笑顔を浮かべた恰幅のよい紳士だった。

ルーゼンフェルドの貴族で序列一位は、ルーゼン王家と同等の歴史を持つフェルド公爵家だ。ついアレクシス様に視線を向けてしまったけれども、その隣にはアレクシス様のお父様、ダグル・フェルド公爵がいらっしゃったのだ。

「ダグル・フェルドと申します」

ダグル様は、皺ひとつない黒の礼服に身を包み、厚みのある右手をさしだす。

その穏やかなほほえみを見た瞬間、私の体は凍りついたようになった。

扇を持つ手が震え、背すじを冷たい汗がつたっていく。顔も青ざめていたのだろうと思う。

以前には馴染みのあった、近頃では忘れかけていた感情。

これは、恐怖だ。

ダグル様のことは、名前しか知らないはずだった。

私も、お初にお目にかかりますと、そう挨拶をせねばならないのに。

私の唇は勝手に言葉を紡いだ。

「おとうさま……」

リオハルト様が息を呑むのがわかった。

ダグル様の目が見開かれた。ほほえみは驚愕に覆われ——すぐに、細められた目からは涙があふれだした。

「ウィスタリア！」

ダグル様の両手が私の肩をつかみ、抱きしめる。

「ウィスタリア、本当にお前なのか。ああ……お父様だよ」

ダグル様の隣で、アレクシス様も目を見開いて私たちのやりとりを見ていた。

「まさかここでまたお前に会えるなんて、ウィスタリア」

異変に気づき、大広間の空気がざわめく。何があったのかと囁きが交わされる。

(――どうして気づかなかったのだろう)

ぐらりと体が傾く。見上げた光景は、夢と同じ。

金細工をちりばめた異国の天井に、連なる花々の彫刻、垂れこめる綺羅星のようなシャンデリア
――リオハルト様の叫び声。

この大広間で、ウィスタリア様は毒を含んだ。

息ができなくなる。血が、喉に詰まって――。

「スカーレット!」

耳元でもう一度リオハルト様の声がして、私の体はたくましい腕に抱きとめられていた。

呼吸が通る。ほっと息をつく。

それでも意識をたもつだけの力はなく、私の視界は暗闇に染まった。

あとがき

『運命の、醜い、赤い糸。～糸切れと虐げられた令嬢は隣国の国王に溺愛される～』第一巻をお手にとっていただき、ありがとうございます！　杓子ねこと申します。

私はずっと「運命の番もの」が大好きで、書きたいな～と思っていたネタにＯＫが出たのでありがたく書かせていただきました。ヒロインもヒーローも、見た目や性格をこれまでの作品から意識して変えてみたり、ストーリーも含め初めてのことに挑戦できて楽しかったです。

そして嬉しいのは本文が書けたことだけではありません。横たわる運命に翻弄されながらも懸命に抗おうとするスカーレットと、周囲を威嚇しつつ時には不器用にスカーレットを守ろうとするリオハルトを、ウエハラ蜂先生に描いていただきました……！

イメージそのものの二人を描いていただき本当に本当に感謝しております。表紙が豪華！

二巻ではスカーレットをはじめとしたキャラたちが活躍し、赤い糸の謎が明かされる予定です。詳しいあとがきは二巻で書こうと思うので、ぜひまたお付き合いいただければ嬉しいです。

二〇二四年一月吉日　杓子ねこ

次巻予告
赤い糸の正体とは。
そしてリオハルトとスカーレットの関係は――!?
困難やすれ違いを乗り越え、
想いを通じあわせたリオハルトとスカーレット
だが、二人の前に処罰されたはずの
義妹メリッサが現れ、
「自分も〝糸切れ〟となった。
伴侶の資格がある」と告げる。
「運命の、醜い、赤い糸。」
2
鋭意製作中！

ダッシュエックスノベルｆの既刊

Dash X Novel F 's Previous Publication

『冷酷なる氷帝の、妻でございます２
～義妹に婚約者を押し付けられたけど、意外と可愛い彼に溺愛され幸せに暮らしてる～』

茨木野

イラスト／すがはら竜

……２人の運命はいったいどうなる!?!?

誰もが恐れる氷帝・アルセイフの冷たい心を癒やし、ついに婚約したフェリア。出会った当初からは考えられないほど、甘い愛情を注がれる日々を送っているものの、アルセイフを想う自分の気持ちに戸惑いっぱなしで……!?ずっと落ちこぼれ認定されていた魔力も、実は偉大な存在である《精霊王》の力をその身に宿していることが発覚。誰かを"護りたい"という強い意志によって力を発揮できることに気づいたフェリアは、その力をコントロールする修行をはじめることに。そんなある日、「どんな手を使っても貴女を手に入れる」――フェリアを狙って超絶美形な魔王・カリアンが現れた。策士な魔王による画策で、フェリアとアルセイフはバラバラになってしまい大ピンチに！

ダッシュエックスノベルfの既刊

Dash X Novel F 's Previous Publication

『したたか令嬢は溺愛される2 ~論破しますが、こんな私でも良いですか?~』

沢野いずみ

イラスト/TCB

したたか令嬢とそんな彼女を支える公子の
ラブストーリー第二巻!

オーガストと無事婚約破棄し、リュスカと婚約することとなったアンジェリカ。正式に婚約を結ぶために、リュスカの生まれ故郷、スコレット公国に向かうことに。アーノルドとデイジーも引き連れて向かった先で、リュスカに抱き着く女性が! リュスカの幼馴染であるフレアは、自分こそがリュスカにふさわしいと主張する。アンジェリカをリュスカの婚約者の座から蹴落とそうと、あの手この手の嫌がらせを仕掛けて来るフレアだが、アンジェリカはへこたれず彼女を撃退。業を煮やした彼女は、ついに頼ってはいけない相手《強欲の魔女》を頼ってしまい!? アンジェリカとリュスカは無事魔女に打ち勝てるのか!?

Dノベルf

運命の、醜い、赤い糸。1
～糸切れと虐げられた令嬢は隣国の国王に溺愛される～

杓子ねこ

2024年3月10日　第1刷発行

★定価はカバーに表示してあります

発行者　瓶子吉久
発行所　株式会社　集英社
〒101－8050　東京都千代田区一ツ橋2－5－10
03(3230)6229(編集)
03(3230)6393(販売／書店専用)　03(3230)6080(読者係)
印刷所　図書印刷株式会社
編集協力　株式会社シュガーフォックス

ISBN978-4-08-632020-7　C0093

作品のご感想、ファンレターをお待ちしております。

あて先

〒101－8050　東京都千代田区一ツ橋2－5－10
集英社ダッシュエックスノベルf編集部　気付
杓子ねこ先生／ウエハラ蜂先生